KB008971

# 절대신마

황규영 신무협 장편 소설

ORIENTAL FANTASY STORY & ADVENTURE

2

dream books
드림북스

절대신마 2

초판 1쇄 인쇄 / 2010년 2월 2일
초판 1쇄 발행 / 2010년 2월 12일

지은이 / 황규영

발행인 / 오영배
편집장 / 김경인
펴낸 곳 / (주)삼양출판사 · 드림북스

주소 / 서울특별시 강북구 미아8동 322-10호
대표 전화 / 02-980-2112 팩스 / 02-983-0660
편집부 전화 / 02-980-2116 팩스 / 02-983-8201
블로그 / blog.naver.com/dream_books

등록번호 / 제9-00046호
등록일자 / 1999년 3월 11일



값 8,000원



ISBN 978-89-542-3626-3 04810
ISBN 978-89-542-3624-9 (세트)

* 지은이와 협의하에 인지는 생략합니다.
* 잘못된 책은 구입한 곳에서 바꾸어 드립니다.

# 절대신마

황규영 장편 소설

ORIENTAL FANTASY STORY & ADVENTURE

2

dream books
드림북스

# 목차


第一章 007
第二章 037
第三章 069
第四章 101
第五章 129
第六章 165
第七章 195
第八章 225
第九章 251
第十章 283

절대신마
絶對神魔

# 第一章

관음교주는 백여 명의 아이들을 이용했다. 아이들의 손에 칼을 쥐어주고 정이산을 죽이라고 명령했다.

정이산이 아이들을 뚫고 자기에게 다가오면, 전부 자살하라고 명령을 내렸다.

관음교주는 아이들을 인질로 삼았다.

마음을 담아 말을 하면, 말에 그대로 이루어지게 하려는 힘이 깃든다.

말을 할 때 마음을 많이 담을수록, 그 힘은 강해진다.

정이산이 말에 진심을 담았다.

"네가 만든 신 따위, 죽인다."

관음교주는 정이산의 말에서 예사롭지 않은 느낌을 받았다.

하지만 걱정하지 않았다. 그는 자신의 수법을 믿었다.

'무림맹조차 나를 어쩌지 못했지. 네까짓 놈에게 방법이 있을 리가 없어.'

그가 세뇌된 백여 명의 아이들에게 명령을 내렸다.

"저 마귀를 죽여라. 이는 관음신의 뜻이니라."

아이들은 빈 그릇이다. 채워 넣기 좋다. 나쁜 뜻을 가진 자라면, 나쁜 것으로 가득 채울 수 있다.

아이들은 관음교의 교리를 주입받았다.

그렇다고 해서 관음교주의 말을 다 믿는 건 아니다. 하지만, 그 명령을 듣지 않으면 신벌을 받는다는 건 믿었다.

그게 문제였다.

아이들이 정이산을 향해 달려왔다.

"이야아아!"

아이들의 손에 들린 단검이 시퍼런 빛을 번뜩였다.

나꽃녀가 발을 동동 굴렀다.

"어떡해. 어떡해. 어떡해."

자기가 생각할 수 있는 최선의 대안을 제시했다.

"공자님. 일단 도망쳐요. 안 그럼 저 애들 다 죽어요. 공자님이 안 죽이셔도, 그냥 저 애들 사이를 지나가기만 하셔도 다 자살한다잖아요. 그러니까 도망쳐요. 예?"

정이산의 대답은 평소처럼 짧다.

"싫다."

나꽃녀가 비틀거렸다. 너무 간단한 그 대답에 충격을 받았다.

"고, 공자님. 어떻게 저 애들을 다 죽이실 생각을……."

'따뜻한 분인 줄 알았는데.'

정이산이 앞으로 나아갔다.

나꽃녀는 깜짝 놀랐다. 손을 뻗어 그의 옷을 잡으려 했다.

잡지 못했다. 정이산이 한 발 빨랐다.

어느새 아이들이 코앞까지 다가왔다. 칼로 정이산을 찌르려고 달려들었다.

정이산이, 손을 들었다. 수평으로 휙 그었다.

몸속에는 두 개의 기의 회오리를 생성시켰을 때 만들어 둔 기운이 아직 남아 있었다. 그 기운이 손끝을 따라 뿜어졌다.

마치 공간에 투명한 선으로 경계를 긋는 것 같았다.

아름다웠다. 하얀 빛이 손끝을 따라 흘러나왔다.

아름다운 빛이 변절했다. 정이산이 공간에 그어놓은 선이 폭발했다.

빛이 야수로 변해 이빨을 내밀었다. 공간의 폭발이 폭풍을 만들었다.

정이신이 손을 내민 쪽으로, 엄청난 폭풍이 몰아쳤다.

다만, 그 폭풍을 한 점에 집중시키지 않고 넓게 퍼트렸다. 바람의 힘이 분산되었음에도 불구하고 풍압이 어른의 몸을 밀어낼 만큼 강했다.

"꺄아악!"

아이들은 가볍다. 비명을 지르며 밀려났다. 바람이 아이들을 앞마당 나뭇잎 쓸듯이 쓸어냈다.

정이산이 앞으로 나아갔다. 손으로 공간을 그었다. 공간이 폭발했다. 그 손을 따라 바람의 폭풍이 다시 몰아쳤다.

아이들이 쭉쭉 밀려났다. 거친 땅에 밀리며 여린 피부가 여기저기 까졌다.

그뿐이다. 모두 까지거나 긁혔지만, 단 한 명의 아이도 죽지 않았다.

관음교주는 깜짝 놀랐다. 심장이 벌렁거렸다.

"이, 인간이 어찌 저런 능력을……."

마을 사람들이 아우성을 쳤다.

"마귀다! 인간은 저럴 수가 없다!"

"교주님의 말씀이 맞았어! 저건 마귀다!"

아이들이 관음교주의 근처까지 밀려났다.

정이산이 아이들을 밀어내며 걸었다. 정이산과 관음교주 사이의 거리가 빠르게 가까워졌다.

관음교주는 그때서야 깨달았다.

"네놈! 아이들의 뒤에 있구나!"

관음교주는 아이들에게 자살명령을 내려두었다. 그 발동조건은, 정이산이 아이들이 서 있는 위치를 지나가는 것이다. 그렇게 해두면 정이산이 자기에게 다가오지 못할 줄 알았다.

그런데 정이산은 아이들을 지나치지 않았다. 아이들을 밀어내고, 관음교주에게 다가왔다.

정이산이 두 손을 들었다. 좌우 공간을 밀어냈다. 강력한 폭풍이 양쪽으로 쏟아졌다. 그렇게, 아이들을 관음교주의 좌우 뒤쪽으로 밀어냈다.

이제 정이산과 관음교주 사이에는 아이가 없다.

관음교주는 등골이 오싹해졌다.

'명령을 수정해야 해. 그런데 뭐라고 하지?'

아이들에게 다시 공격하라고 해봐야 소용없다. 정이산이 바람으로 밀어내면 어린아이들은 버틸 수 없다. 버티는 건 고사하고, 밀리고 쓸려서 굴러다닌 아이들이 일어나라고 한다고 일어날 정신이 있는지조차 알 수 없다.

그는 방법을 바꿨다.

"이 마귀! 더 이상 다가오지 마라! 다가오면 저 아이들에게 자살하라고 명령을 내리겠다!"

그의 뒤에 늘어서 있던 장로들도 같이 외쳤다.

"물러가라! 아니면 아이들을 죽이겠다!"

아이들은 아직 인질로서의 가치가 있다. 그게 관음교주의 판단이다.

나꽃녀는 정이산이 아이들을 큰 부상 없이 밀어내는 걸 보고 감동을 받았다.

"아아. 역시 교주님은 따뜻한 분이야. 애들을 구하기 위해서 저러시는구나."

그러다가 관음교주가 하는 말을 들었다. 어이가 없었다.

"무슨 교주가 그래? 다가오면 아이들을 죽인다고 협박하는 건, 인질범이 하는 소리잖아!"

신도들 중 몇 명이 의심을 품었다.

"뭔가 이상해. 교주님이 그냥 손가락으로 가리키시면 저 마귀에게 신벌이 내릴 텐데. 왜 아이들을 이용하시는 거지?"

대부분은 아직도 관음교의 마수에서 벗어나지 못했다. 그런 사람들이 관음교주의 편을 들었다.

"마귀라서 그래. 마귀니까 교주님도 특별한 신벌을 준비하셔야 할 거야."

"교주님을 위해 우리가 시간을 벌어야 해!"

"교주님을 위하여!"

사람들이 다시 낫을 들고 정이산에게 다가갔다.

정이산이 나꽃녀를 돌아보지도 않고 말했다.

"가져와."

명령이 너무 짧았다. 말에 들어있는 정보가 부족했다.

나꽃녀는 정이산이 뭘 가져오라는 건지 알아내기 위해서 궁리를 했다.

'칼?'

고개를 가로저었다.

'칼은 일부러 놔두고 가셨어. 이제 와서 왜 칼?'

뭔가를 가져오라고 했다. 나꽃녀가 주변을 둘러보았다. 쓰러져있는 장로의 몸뚱이가 보였다.

'교주님은 관음교가 사이비라고 하셨어. 사이비라면 손가락질만 가지고 사람을 죽일 수 있을까? 무공이 너무 높으면 가능할까? 단서는 어디 있지?'

이유는 모르지만, 정이산이 가져오라는 게 뭔지 깨달았다.

나꽃녀가 재빨리 달려가 장로의 몸을 잡았다. 차가웠다. 맥박도 느껴지지 않았다.

'시체는 만지기 싫은데.'

싫지만 번쩍 들었다.

나꽃녀는 힘이 세다. 자기보다 몇 배나 무거운 바위도 번쩍 든다. 장로의 몸을 들고 정이산에게 달려갔다.

"공자님. 여기요."

정이산이 손을 내밀어 장로의 머리통을 잡았다.

사람들이 아우성을 쳤다.

"저 마귀가 장로님의 시체를 가지고 수작을 부리려 한다!"

"막아라!"

정이산이 손바닥에서 기운을 뿜었다.

벼락처럼 강력한 기운이 장로의 몸을 관통했다. 심장을 때리고, 뇌를 자극했다.

장로의 몸이 낚시에 걸린 물고기처럼 퍼덕거렸다. 갑자기, 장로가 숨을 크게 몰아쉬었다.

"허억. 허억. 허억!"

달려오던 사람들이 얼어붙었다. 너무 놀라 눈을 찢어질 듯이 크게 떴다.

"주, 죽은 자를 살려냈어?"

공포가 그들을 휘감았다.

이제 상대가 마귀이든 아니든 마찬가지다. 그가 보여준 능력이 그들을 한 발자국도 움직이지 못하게 옭아매었다.

나꽃녀도 깜짝 놀랐다.

'천마교는 마교의 짝퉁이라서 종교가 아니라더니, 사실은 무슨 교인 거 아냐? 교주님은 대제사장이나 그런 거라서 죽은 사람도 살리는 신성력을 가지신 걸까?'

정이산이 말했다.

"교주가 가리키기만 했는데 죽었어."

그의 목소리는 마치 혼잣말을 하는 듯이 작았지만, 그곳에 모인 모든 사람의 귀에 똑똑히 들렸다.

"내가 느끼지 못할 정도로 높은 경지의 무공인 줄 알았어."

그러기를 바랐다.

"하지만 아니야. 그렇게 무공이 높으면, 나와 싸우는 걸 피하려고 신도들이나 아이들을 대신 보낼 필요가 없으니까."

나꽃녀는 정이산의 의도를 깨달았다.

그녀에게는 조용히 말해서 모든 사람이 듣게 하는 재주가 없다. 일부러 큰 소리로 물었다.

"그럼 어떤 속임수를 쓴 건가요?"

속임수라는 말을 일부러 더 크게 했다. 악을 쓰듯 외쳤더니 목이 칼칼해졌다.

"약."

"약을 썼다는 건가요? 어떤 약이죠?"

"심장 박동을 늦추고 몸을 차갑게 하여 시체와 비슷한 상태로 만드는 약이야."

"죽은 자를 살리셨잖아요. 그 약을 없애신 건가요?"

"복용 후 적당한 시간이 지나거나, 해독제를 먹거나, 뇌와 심장에 큰 충격을 받으면 깨어나. 내가 쓴 것은 세 번째 방법이지."

"아! 그러니까, 저 사이비 교주가 손가락으로 가리키면, 장로가 죽은 척 하면서 그 약을 삼키는 거군요? 공자님이 그 속임수를 깨 버리신 거고요?"

손발이 착착 맞았다.

신도들은 혼란에 빠졌다.

"서, 설마 그런 일이……."

"교주님이 우리를 속였을 리가……."

믿고 싶지 않았다. 순순히 믿기에는 그동안 그들이 치른 희생이 너무 크다.

신도 중 하나가 외쳤다.

"하지만 지금까지 신벌을 받고 죽은 건 그 장로님 한 분만이 아니다! 그 약이 가짜라면, 이전에 신벌을 받은 자들은 다 어디 있냔 말이다!"

정이산이 장로를 스윽 보았다.

장로의 눈에 공포와 좌절이 가득했다.

'다 틀렸어. 이런 엄청난 놈이 나타나다니.'

정이산이 말했다.

"교주가 너에게 약속했겠지. 이런 상황이 오면 죽는 척하라고. 나중에 깨워서 부자로 만들어 풀어주겠다고."

"아, 아니다!"

"네가 먹은 약은, 몸에 큰 부담을 준다. 잠시 깨어날 수는 있지만, 이미 네 몸에 큰 손상을 입혔다."

"거, 거짓말!"

"상식이 있으면 생각을 해라. 심장이 멎고 뇌가 정지했다가 깨어났다. 보통 사람은 그 큰 충격을 견딜 수 없다. 지금 네 심장은 미친 듯이 뛰고 손발이 통제를 벗어나 떨리고 있다. 네가 먹은 건, 무공을 모르는 자가 먹으면 깨어난다 해도 결국 시름시름 앓다가 죽는 약이다."

장로의 몸이 부들부들 떨렸다. 심장의 쿵쾅거림이 귀에 들렸다. 손의 떨림이 멈추지 않았다.

정이산의 목소리가, 장로의 약해진 마음을 파고들었다.

"너 이전에 너와 같은 일을 한 자 중에, 다시 본 자가 있느냐?"

장로가 펄쩍 뛰었다.

없었다. 그래도 의심하지 않았었다. 모두 한 재산 챙겨서 다른 지방에 가서 산다고 들었다.

지금 정이산의 말을 들으니 의심이 들었다.

그래도 미련이 남았다. 정이산의 말을 믿으면, 자신은 약의 부작용으로 죽는다는 것도 믿어야 한다.

"하, 하지만……."

나꽃녀는 장로가 약한 모습을 보이자마자 재빨리 끼어들었다.

"우리 공자님께서는 당신의 몸을 치료할 능력이 있으세요. 당신을 깨우신 것만 봐도 알잖아요. 그러니까 당신이 정말 그런 약을 먹었다면, 오직 우리 교주님만이 당신을 치료할 수 있어요."

미끼를 던졌다. 장로가 덥석 물었다.

"정말입니까?"

"물론, 사실대로 말해야 해요. 우리 공자님께서 마음이 흡족해지시면 당신을 치료해 주실지도 몰라요."

정이산과 나꽃녀의 손발이 착착 맞았다.

사람들을 속여먹는 사이비 종교의 일당들에게 신뢰 따위가 있을 리 없다. 그건 장로 자신이 누구보다도 더 잘 알고 있다.

장로가 그 말에 넘어갔다.

'교주라면 나에게 독약을 속여서 먹이고도 남을 인간이야.'

이건 자기 목숨이 걸린 일이다. 사실대로 말하면 살 수도 있다.

여기서 거짓말을 하면 약 때문에 죽든, 정이산의 손에 죽든 어차피 죽는다.

더 갈등하지 않고 외쳤다.

"맞습니다! 나는 교주가 준 그 약을 먹었습니다. 신벌을 맞은 척하는 약이라고 들었습니다. 교주의 신벌은 미리 짜고 친 연극이었습니다!"

억울해서, 한마디 더 붙였다.

"그걸 먹으면 결국 죽는다는 말은, 못 들었습니다!"

사람들이 웅성거렸다.

"이, 이럴 수가……."

"교주가 가짜? 그럼 관음신도 가짜?"

"내, 아들……. 내 아들은……."

지금 이곳에 나타난 아이는 백여 명밖에 없다. 그동안 근처 마을 몇 곳에서 관음교주에게 바친 아이는 이천 명이 훨씬 넘는다.

마을 사람들이 우르르 달려왔다. 아이들 중에 자기 아이가 있는지 찾기 위해서다.

"내 딸은, 내 딸은!"

"우리 아들을 내놓아라!"

관음교주가 덜덜 떨었다. 무서워서가 아니라 화가 나서다.

"이, 이놈. 네가 나의 과업을, 나의 제국을, 나의 신성제국을 망쳤구나!"

그가 뒤에 있던 장로 중 하나의 허리에 달린 칼을 뽑았다.

"이놈! 신의 힘을 보여주겠다!"

나꽃녀가 그걸 보고 코웃음을 쳤다.

"헹. 이제 다 밝혀졌는데도 포기를 못하네."

정이산이 관심을 보였다.

"재주가 조금 있군."

"예?"

정이산이 턱짓을 했다.

나꽃녀가 관음교주를 다시 보았다.

관음교주의 옷이 마치 강풍이라도 맞은 것처럼 펄럭였다. 머리카락이 서서히 일어섰다. 얼굴이 짐승처럼 일그러졌다.

마치 사람이 아니라 한 마리의 야차를 보는 것 같았다.

달려오던 마을 사람들이 멈추었다. 그들의 마음속에는 아직도 관음신과 관음교주에 대한 두려움이 조금 남아 있었다.

"저, 정말로 관음신의 강림?"

"아니야! 저건 마귀다! 마귀가 그동안 우리를 속인 거야!"

신이든 마귀든, 설사 잡귀라고 해도, 일반인들에게 공포의 대상이기는 마찬가지다.

사람들이 농기구를 꽉 움켜쥐었다. 도망치지는 않았지만 조금 전처럼 달려들지도 못했다.

나꽃녀가 발을 굴렀다.

"공자님. 어떻게 하죠?"

정이산이 대답하지 않고 관음교주를 향해 걸어갔다.

나꽃녀는 문득, 정이산이 조금 전에 관음교주에게 했던 말이 떠올랐다.

"네가 만든 신 따위, 죽인다."

"아!"

관음교주의 눈에 실핏줄이 번졌다. 눈알의 흰자위 전체가 시뻘게졌다. 옷이 이제는 찢어질 듯이 펄럭였다. 머리카락은 전부 고슴도치처럼 일어났다.

"이노옴!"

정이산이 관음교주를 향해 걸어갔다.

"마기가 골수에 침입했구나."

마공이라 불리는 무공 중 일부는 처음부터 순수하지 못한 기운을 사용한다.

익힐 때 순리를 벗어난 방법을 사용해 정신을 오염시킨다. 펼칠 때마다 자기 몸을 망친다.

자기 자신을 망치는 데도 불구하고 그런 마공을 익히고 사용하는 건, 해로운 만큼 강한 위력을 가지고 있기 때문이다.

어떤 마공에는 자기 몸을 부수는 대가로 평소의 몇 배의 위력을 발휘하는 비법이 있다. 자기 화를 못 이기는 사람이 그런 마공을 익히면 몸이 부서지는 줄도 모르고 함부로 쓴다.

마기가 뇌를 장악하고 모세혈관을 확장시켰다. 감정을 다루는 영역으로 대량의 피가 흐르며 그의 정신을 폭주시켰다.

관음교주는 흥분해서 저주를 퍼부었다.

"이노옴. 너를 천 조각 만 조각으로 잘라 죽이리라! 네 여자도 너를 따라 죽이리라!"

정이산의 목소리는 차분했다.

"무림맹일까 마교일까 궁금했다. 네 배후에 누가 있다면 어느 쪽일까. 마공을 쓰는 걸 보니, 마교 쪽이 가능성이 높구나."

관음교주가 더 이상 참지 못하고 정이산을 향해 달려들었다.

"죽어라!"

마음이 마기에 물들어 치밀어 오르는 화를 참지 못했다. 마기가 폭주해 그의 정신을 갉아먹었지만, 그만큼 강한 위력이 무기에 담겼다.

관음교주의 칼이, 쇠라도 자를 수 있는 치명적인 기운으로 쌓인 채 정이산을 베었다.

벤 줄 알았다.

벤 건 단지, 정이산이 서 있던 텅 빈 공간이다.

정이산은 딱 한 박자 빠르게 이동했다. 서 있던 빈 공간을 칼날에게 내어주고, 대신에 관음교주의 오른쪽 공간을 잡았다. 스쳐 지나가며, 짧게 말했다.

"아니면, 마교에게 죄를 뒤집어씌우려는 무림맹일까?"

오른손으로, 관음교주의 목을 콱 잡았다.

"컥?"

관음교주는 이해하지 못했다. 왜 수많은 사람을 베어죽인 자신의 강력한 마공이, 겨우 허공 한 번만 베고 무력화됐는지 이해하지 못했다.

정이산이 낮게 말했다.

"네 하찮은 목숨으로, 죗값이 될까?"

손에 힘을 주었다.

마두 하나 잡는 데는, 그것으로 충분했다.

* * *

관음교주가 목이 부러져 죽었다.

신은 인간의 손에 죽지 않는다.

죽은 자는 신이 아니거나, 마귀다. 아니면 신을 죽일 정도로 강한 영웅이 등장한 것이다.

그것이 이 마을 사람들의 상식이다.

사람들은 관음교주가 신이 아니라는 걸 인정했다. 정이산의 손에 너무 간단하게 죽어 버려서, 신이라고 억지로라도 믿고 싫어도 이젠 믿을 수가 없다.

사람들이 정이산의 눈치를 보며 다가와 아이들을 찾았다.

아이들을 되찾은 사람들은 행복했다. 관음교주에게 속아 잃은 것이 많았지만, 가장 중요한 것을 되찾았다. 그래서 행복했다.

행복해진 사람은 많지 않다. 이곳에 있는 아이들은 겨우 백여 명. 수가 너무 적었다.

불행한 사람들은 누군가의 탓을 하고 싶었다. 스스로를 탓하기는 싫었다. 자책은 이미 예전에 충분히 했다.

그들은 남의 탓을 하기를 원했다. 그들이 보기에 적당한 사람이 있었다.

마을 사람 중 하나가 정이산에게 항의했다.

"그 마귀를 왜 죽였어! 이제 내 아들을 찾을 방법이 없어졌다! 살렸어야지!"

나꽃녀는 그 얼토당토않은 반응에 화가 났다. 참지 않고 팔을 걷으며 따졌다.

"뭐예욧? 물이 빠진 사람 구해 주니까 보따리 내놓으라고 한다더니! 이만큼이라도 해결된 게 누구 때문인데! 우리 공자님 덕분이라고욧!"

논리적인 대화가 통하는 상대였다면 입을 다물게 할 소리지만, 어차피 남 탓 하려는 자에게 그런 건 통하지 않는다.

"내 아들이 없잖아! 나는 아무것도 얻은 게 없어!"
"이 사람이!"
한 명이 아니다. 항의하는 사람이 늘어났다.
"교주를 왜 죽였냐!"
"너는 혹시 관음교 대신에 천마교라도 끌어들일 셈이냐!"
천마교주 정이산이, 사람들을 스윽 둘러보았다. 절반쯤 되는 사람의 눈이 독기로 물들었다. 눈빛이 파르스름하게 변한 사람도 여럿이었다.
정이산이 그들에게, 조용히 말했다.
"인간은 게으르지."
사람들은 그게 무슨 소리인지 못 알아들었다.
"아이들을 팔아먹거나, 어딘가 가둬서 일을 시키는 건, 귀찮은 일이야."
항의하던 자들이 자기들 욕을 하는 줄 알고 아우성을 쳤다.
"이놈! 그게 무슨 소리냐!"
정이산의 낮은 목소리가 수많은 사람들의 아우성 소리를 뚫고 똑똑히 전달되었다.
"우두머리가 되면, 자기 손으로 힘든 일을 하기 싫어지지. 그런 귀찮은 건, 부하들에게 맡기고 싶어지지."
마을 사람들이 전부 다 원망만 하고 있는 건 아니다. 정이산의 말 한 마디도 놓치지 않고 새겨듣는 사람들도 많았다. 그들 중 일부가 그 말의 의미를 깨달았다.

"장로들!"

관음교의 장로들은 한쪽 구석에서 덜덜 떨고 있었다.

정이산의 말뜻을 알아들은 마을 사람들이 농기구를 휘두르며 장로들을 향해 달려갔다.

"이노옴! 내 아들을 내놓아라!"

"우리 딸! 우리 딸은 어디 있냐!"

장로들이 살기 위해서 재빨리 외쳤다.

"산속 비밀 장원에서 비단을 짜고 있습니다!"

"광산을 파고 있어요!"

"대마약초를 재배하고 있지만, 밥은 가끔 먹여가며 일을 시켰습니다!"

다들 가장 듣고 싶어 하던 말이다. 아이들이 살아 있다는 소리에, 사람들이 소리를 질렀다.

"우리 아들! 우리 아들을 내놔!"

"당장 가자! 어디냐!"

한 무리의 마을 사람들이 관음교의 장로들을 끌고 아이들을 찾으러 갔다. 남은 사람들이 정이산에게 다가갔다. 그들이 머리를 숙여 사과했다.

"저……. 죄송합니다. 저희가 구해 주신 은혜에 보답은 못하고, 오히려 화만 냈습니다."

항의하던 사람들은 이제야 이성이 돌아왔다. 그들은 면목이 없어서 정이산의 얼굴도 제대로 쳐다보지 못했다.

마을 한 곳의 촌장이 정이산에게 제안했다.

"마을에 같이 가시면 저희가 대접을 하겠습니다. 이쪽으로 가시지요?"

정이산은 대답하지 않았다. 나꽃녀에게 한 마디만 했다.

"가자."

방향은, 마을 쪽이 아니다.

나꽃녀가 얼른 정이산을 따라갔다.

"예."

마을 사람들은 당황했다.

"저, 저기, 공자님!"

돌아보지도 않았다.

마을에서 한참 멀어진 후에, 나꽃녀가 물었다.

"교주님. 사람들이 참 너무했어요. 교주님 덕분에 잘 해결됐는데 화만 내고. 하나를 해주면 두 개를 해달라고 하고. 모자라면 교주님 탓만 하고. 그렇죠?"

"원래 그렇다."

"예? 사람이 어떻게 원래 그래요?"

"궁지에 몰리면, 이성을 잃지. 냉정한 판단을 할 수 없다."

나꽃녀는 세상이 좀 더 밝은 곳이라고 생각한다. 조심스럽게 물었다.

"모든 사람이 다 그래요?"
"아니."
그녀의 표정이 확 펴졌다.
"아, 역시 일부만 그런 거죠? 하여간 그 마을 사람들, 실망이야. 교주님한테 함부로 막 하고. 흥."

*　　*　　*

어떤 마을 사람들은, 아이들을 무사히 찾아낸 후에야 자기들의 행동을 돌아볼 여유가 생겼다.
얼굴이 뜨거워서 고개를 들 수가 없었다.
"아, 지금이라도 그분을 찾아서 사과를……."
이미 떠난 사람을 뒤늦게 찾아봐서 늦은 일이다.
마을 사람들 중 상당수가, 정이산에게 함부로 말한 자들에게 한마디씩 했다.
"거, 은인께 오히려 화를 냈어. 사람이 왜 그러나?"
정이산이 그들을 구했다. 아이들도 구했다. 하지만 그들은 정이산에게 시비만 걸었다. 더 말할 필요도 없이 그들의 잘못이다.
상당수는 자기 행동을 후회했다.
"그러게 말입니다. 그때 그만 눈이 돌아가서……. 이제라도 사과를 드리고 싶은데 어디 계신지……."

"이미 떠나셨네!"

인간은 같은 사람이 없다. 백 명이 모이면 백 가지 인간성이 나온다.

마지막까지 잘못을 인정하지 않는 사람들이 있었다.

"우리 애가 안 보이는데 그럼 더한 소리라도 해야지! 난 그런 일이 또 생기면, 또 그럴 거야!"

물론, 그러다가 욕만 더 먹었다.

"그렇게 안 봤는데 이제 보니 몹쓸 친구였어. 쯧쯧."

"아는 체도 하지 마라. 에이. 퉤!"

*　　*　　*

천마교주 근접경호대는 정이산의 뒤를 쫓아 열심히 움직였다.

인원은 적고 지원세력도 없다. 혹시 정이산에게 피해가 갈까봐 수배 전단을 돌리지도 못했다.

조심스럽게 물어가며 정이산을 찾다보면, 엉뚱한 마을에 들르는 일도 흔했다. 그렇게 어렵게 추적해서, 드디어 관음교의 본거지에 도착했다.

천마교주 근접경호대장 복동구가 관음교의 본거지였던 곳을 보자마자 말했다.

"교주님이 한탕 하셨군."

천마교주 근접경호무사가 물었다.

"교주님이 맞는지는 뭘 보고 아신 겁니까?"

"바닥을 봐라."

"누가 좀 쓸었네요?"

마치 거대한 빗자루로 쓴 듯한 자국이 몇 개 있었다. 정이산이 아이들을 밀어내기 위해서 쓴 무공의 흔적이다.

"이거 아마 풍파마공을 쓴 자국일 거다."

근접경호무사가 말도 안 된다는 듯이 손을 흔들었다.

"에이. 세상에 이렇게 큰 풍파마공이 어디 있습니까?"

"교주님이시잖아."

무사가 순순히 납득했다.

"아, 하긴. 이만한 풍파마공이라면 교주님밖에 없겠습니다. 그런데 이만한 규모로 풍파마공을 쓰셨으면, 이 근처는 피바다가 됐어야 되는데……. 핏자국이 없는뎁쇼?"

복동구가 머리를 벅벅 긁었다.

"나도 그게 좀 이상하기는 한데, 다른 사람도 아니고 교주님이시잖아. 뭐 어떻게든 하셨겠지."

"하긴. 어떻게든 하셨겠죠."

복동구가 주변을 둘러보았다.

마을 사람들이 주변 정리를 하고 있었다. 다들 얼굴이 밝았다.

복동구가 그들에게 다가갔다.

"말 좀 물읍시다."

마을 사람들이 그들을 보았다.

무사는 거칠다. 물어보면 순순히 대답해 주는 게 신상에 이롭다. 그게 마을 사람들의 생각이다.

"뭘 물어보시려고……."

복동구가 풍파마공의 흔적을 가리켰다.

"저거 저렇게 한 사람 말입니다."

"아아, 그분. 하아!"

마을 사람이 땅이 꺼져라 한숨을 쉬었다.

"우리가 죽일 놈들입니다."

"그럼 얼른 죽어야……. 아니, 그게 무슨 말입니까?"

"은인께서 우리를 구해 주셨는데, 눈이 돌아가서 은혜도 모르고 화만 냈으니 이 무슨 짐승만도 못한 짓입니까?"

복동구가 바짝 긴장했다.

'교주님에게 화를 냈어? 아니, 이 사람들. 단체로 미쳤나?'

정보를 캐내야 한다. 조심해서 질문했다.

"저기, 그래서 어떻게 됐습니까? 마을이 몇 개나 날아갔습니까?"

마을 사람이 무슨 소리냐는 듯이 되물었다.

"마을이 왜 날아갑니까?"

"안 날아갔습니까? 이상한데……."

"미을은 안 날아갔지만, 다들 얼굴을 못 들고 있습니다. 정신이 들고 나서야, 우리가 얼마나 파렴치한 짓을 했는지 깨달았습니다. 하지만 그분은 아무 말도 없이 벌써 떠나셨으니……."

복동구가 진심으로 말했다.

"운이 좋으셨네요."

마을 사람은 그 말의 의미를 다르게 받아들였다.

"늦게라도 깨달았으니 운이 좋다고 해야 할지……."

"진짜 운 좋은 겁니다. 내가 장담합니다."

"그래서 우리는 이 자리에 그분의 업적을 기리는 비석이라도 하나 세우려고 합니다."

복동구가 고개를 가로저었다.

"그런 거 안 좋아하실 텐데."

"안 좋아하실까요?"

"동상이라면 모를까."

"역시. 동상은 어렵지만 석상 정도는 세우자는 이야기가 나왔었습니다."

"석상도 나쁘지 않죠."

"기도를 드리려면 비석보다는 석상이 나으니까요."

이상한 단어가 나왔다. 복동구가 고개를 갸웃거렸다.

"기도? 무슨 기도요?"

마을 사람 중 하나가 두 손을 가슴 쪽으로 모았다. 손을 교차시켜 양쪽 가슴에 손바닥을 대었다.

“관음신을 죽인 분이십니다. 그분께서 관음신보다 더 강력하시니, 분명히 더 영험하실 겁니다.”

마을 사람들은 갑자기 믿을 대상이 사라졌다. 그 허무감을 채우려면 새로운 믿을 대상이 필요했다.

“그러니까 새로운 신으로 모셔도 충분……. 아, 그렇게 주장하는 사람도 있다는 겁니다. 이상한 눈으로 보지 마십시오.”

# 第二章 絶對神覺

짐을 나르는 건 나꽃녀의 임무다. 나꽃녀가 큼지막한 등짐을 지고 정이산의 곁을 따라 걸었다.

"아, 다리 아프다. 마차를 타고 다니면 빠르고 좋을 텐데."

눈치를 살짝 봐도 정이산은 반응이 없었다.

정이산은 완전히 빈손이다. 천마교의 보물 중 하나인 교주의 칼조차 나꽃녀에게 맡겼다. 무거운 등짐을 진 나꽃녀가 보기에 정이산은 정말 하나도 안 힘들어 보였다.

'마차 이야기도 너무 자주 하면 안 좋겠지.'

그녀가 정이산에게 다른 걸 물었다.

"교주님. 그런데 육지는 왜 다 이래요? 섬에서는 사람들이 일하면서 즐거워하고 잔치도 하고, 또 같이 놀기도 하고 그랬는데, 여기는 다들……. 뭐랄까, 사는 게 힘들어 보여요."

"무림맹과 마교."

"예?"

"양쪽에서 뜯지."

"뭘요?"

"세금."

나꽃녀는 이해가 가지 않았다.

"세상에 그걸 양쪽에 내는 법이 어디 있어요? 그건 원래 자기를 지켜달라고 내는 거 아녜요?"

정이산은 대답하지 않았다. 발걸음이 빨라졌다.

나꽃녀는 체력이 좋다. 정이산이 어디를 가든 그녀도 따라간다. 정이산을 쫓아 부지런히 걸었다.

그녀는 체력이 좋지만, 무공을 쓸 줄 모른다. 정이산의 속도가 너무 빨라서 쫓아가려면 죽도록 달려야 했다. 아무리 그녀라도, 숨이 금방 턱까지 차올랐다.

"학. 학. 교주님. 좀 천천히……. 같이……. 아니, 그러니까……. 교주님. 나 죽어요."

아무리 사정해도 정이산의 걷는 속도는 느려지지 않았다. 그렇게 한참을 달린 후에, 정이산이 정지했다.

그의 앞에 작은 상단이 도적들에게 둘러싸여 있었다.

도적 두목이 상인들을 보고 협박을 했다.

"우리 소문 들었을 거 아냐! 돈 되는 거랑 여자는 전부 남겨 두고 가면 목숨만은 살려주고, 개기면 여자까지 다 죽여 버린다!"

상단 호송무사들이 칼을 들고 긴장했다. 그들이 지켜야 하는 건 화물이 전부가 아니다. 상단에는 여행용 마차가 끼어 있었다. 거기에 탄 사람도 지켜야 한다.

하지만, 도적의 수가 너무 많았다. 호송무사는 다섯이 안 되는데 도적의 수는 그 네 배다.

나꽃녀는 정이산을 겨우 쫓아왔다. 숨을 채 고르지도 못하고 놀라 정이산의 소매를 살짝 잡아당겼다.

"교주님. 쟤네들 무서워요. 저기 마차에는 여자도 있나 본데."

가서 도와주라고 부탁하면 안 구해 줄 것 같아서 말을 적당히 돌렸다.

도적 두목이 뒤를 돌아보았다.

"구경났냐. 네놈들도 당장 이리 와서 돈을 바……."

두목의 눈이 휘둥그레졌다. 시선이 나꽃녀에게 꽂혔다.

환성을 질렀다.

"미녀다!"

나꽃녀는 예쁘다. 천마교의 유명한 미녀 문 씨 오자매도 그녀의 미모를 인정했다.

도적 나부랭이가 나꽃녀 같은 미녀를 보고도 그냥 간다면 도적이 아니다.

"으하하하. 너 이년! 당장 이리 와라. 이 오빠가 귀여워해 주마. 도망치려고만 해봐라. 부하 놈들에게 장난감으로 던져주겠다!"

부하들이 환성을 질렀다.

"도망쳐라!"

나꽃녀가 몸을 살짝 떨었다.

"교주님. 진짜 무서워요."

이번에는 진심이다. 적이 강해 보여서가 아니라, 음흉한 눈빛들이 무서웠다.

정이산이 앞으로 걸어갔다. 산책이라도 하는 듯이 느긋한 모양새의 걸음이었다.

도적 두목이 그걸 보고 부하들에게 명령했다.

"꼴에 자기 여자 지키겠다고 나오나 보다. 하여간 여자들 때문에 남자들이 다 죽는다니까."

부하들이 웃었다.

"하하하."

“뭣들 하느냐? 남자는 죽이고 여자는 끌고 와라. 너희 형수님이니까 상처 안 나게 잘 모셔 와라.”

“으하하하. 알겠습니다!”

“두목님. 새장가 가시는 걸 축하드립니다!”

“형수님의 옛날 애인은 저희가 묻어 버리겠습니다!”

부하들이 정이산을 향해 우르르 몰려갔다.

정이산의 눈꼬리가 살짝 올라갔다. 발걸음의 간격을 길게 바꾸었다.

그저 한 걸음 떼었을 뿐이다. 거리가 단숨에 좁혀졌다. 두 걸음 째에 도적들을 지나쳤다. 세 걸음 째에 도적 두목의 앞에 도착했다.

목을 콱 잡았다.

아무도 알아보지 못했지만, 천마질풍보의 흔적인 깊은 발자국 두 개가 땅에 깊게 남았다.

아무리 도적질이나 해먹는 바보라도, 이쯤 되면 상황을 파악할 수 있다.

도적 두목이 공포에 질렸다. 몸 전체를 바들바들 떨었다.

‘자, 잘못 건드렸다.’

백 걸음 거리를 세 걸음에 걸어오는 사람을 건드렸다. 감히 저항할 생각도 못했다.

두목이 그래도 살아보겠다고 배경을 팔았다.

"내, 내 뒤에는 마교가 있다!"

"그렇겠지."

정이산이 두목의 목을 콱 쥐었다.

두목의 숨이 단번에 끊어졌다.

도적의 수는 이십여 명이나 되었다. 그들도 두목처럼 부들부들 떨기만 했다. 두목이 죽을 때는 다들 화들짝 놀랐다.

도적들이 살 궁리를 했다.

'죽이는 건 고사하고, 도망칠 수나 있을까?'

도적 중 하나가 나꽃녀를 슬쩍 보았다.

'저걸 인질로 잡고 협박하면…….'

나꽃녀를 힐끗거리는 걸 들켰다. 계획을 다 세우기도 전에, 돌조각이 날아와 머리에 처박혔다. 고꾸라졌다.

"켁."

정이산이 나머지 도적들에게 말했다.

"어디 한 번, 도망쳐 보아라. 살 수 있는지."

도적들의 마음은 완전히 제압되었다. 서로 눈치를 보았다.

'상단을 구하려고 끼어든 걸 보면 좋은 사람일 거야. 그런 사람에게는 역시…….'

하나가 머리를 굴려서 넙죽 엎드렸다.

"살려주세요!"

다른 도적들도 따라서 엎드려 머리를 땅에 박았다.

"제발 살려주세요!"

정이산이 말했다.

"싫다."

도적들의 몸이 돌처럼 굳었다. 이렇게 간단히 거절당할 줄 몰랐다.

나꽃녀가 이마를 짚었다.

"아, 우리 공자님한테는 그렇게 말하면 안 통하는데."

도적들이 그 말의 의미를 잘못 이해했다.

도적 중 하나가 외쳤다.

"정보를 드리겠습니다!"

다른 도적이 공을 세워 살아나려고 재빨리 말했다.

"돈을 받고 한 겁니다. 저 마차에 탄 여자를 잡아오면 큰돈을 준다고 했습니다. 나머지는 부수입입니다."

"부수입이라니! 이 새끼가 미쳤나! 아닙니다. 우리는 그냥 저 여자만 잡아가려고 했습니다. 다른 건 아무것도 안 바랐습니다!"

도적들이 서로 질세라 떠들어댔다. 아무도 안 믿을 소리들이 줄줄이 이어졌다.

"사실 여자도 안 잡아가려고 했습니다. 그냥 겁만 주다가 가려고 했습니다."

정이산이 손을 들었다. 가치 없는 이야기를 듣기 귀찮았다. 단번에 다 쓸어버릴 셈이었다.

그때 마차의 문이 열렸다. 젊은 여자가 내렸다.

그녀가 정이산을 향해 몸을 조금 숙이며 인사했다. 오른손으로 가슴 쪽을 가리는 것도 잊지 않았다.

"도와주셔서 고마워요. 덕분에 살았어요."

정이산이 손을 내리며 그녀를 스윽 보았다.

예뻤다.

그뿐이다. 예쁜 여자는 섬에 많다.

그를 좋다고 쫓아다니는 문 씨 오자매만 해도 주변에 가슴앓이 하는 남자가 수두룩하다. 그녀들의 미모는 마치 미인도에 그려진 그림을 현실에서 보는 듯하다.

요즘 데리고 다니는 나꽃녀는 그 대단한 문 씨 오자매조차 인정하고 경계하는 미녀다.

그러니, 마차에서 내린 여자의 미모는 정이산에게 아무런 감흥도 주지 못했다.

정이산이 도적들 쪽으로 시선을 돌렸다.

그냥 보기에도 한두 번 도적질한 놈들이 아니다. 지금까지 몇 명이나 죽였는지 그들 스스로도 다 세지 못한다. 살려두면 다시 다른 사람들을 죽이고 돈을 빼앗을 놈들이다.

정이산이 손을 들었다.

"너희들은 존재 자체가 죄악이다."

미녀가 한 걸음 앞으로 나가며 급히 말했다.

"누가 저를 노렸는지 그들을 심문해 보고 싶어요. 허락해 주시면 사례를 하겠어요."

나꽃녀가 속으로 한숨을 쉬었다.

'교주님에게 그런 제안이 통할 리가…….'

정이산이 손을 내렸다.

"사례?"

나꽃녀의 눈이 동그래졌다.

미녀는 말이 통한다 싶자 정식으로 인사를 했다.

"저는 진양상단의 진미화라고 해요."

정이산은 반응이 없었다.

진미화가 다시 말했다.

"제 입으로 말하기는 부끄럽습니다만, 남들이 진양제일화라고 부릅니다. 분명히 들어보셨을……."

정이산이 그녀 쪽을 가리켰다.

"사례는 그걸로 하지."

진미화은 정이산이 자기를 원하는 줄 알았다.

속으로 웃었다.

'하여간 남자들이란.'

상대가 자신을 마음에 들어 한다면 일이 쉬워질 거라고 생각했다. 협상을 걸었다.

"저를 원하시면, 도적 스무 명과 그들이 가진 정보 정도로는 부족……."

"필요 없다."

"예?"

그때서야, 정이산의 손가락이 자기를 조금 비껴가 있다는 걸 깨달았다.

그녀가 고개를 뒤로 돌려보았다. 마차가 보였다.

“아, 저 마차.”

자기를 원하는 줄 알고 콧대를 세운 게 창피했다. 자기가 마차만도 못한 평가를 받은 것 같아서 조금 자존심이 상하기도 했다.

“저거라면야 얼마든지…….”

“거래성립이군.”

정이산이 마차 쪽으로 성큼 걸어갔다.

“짐을 내려라.”

구경만 하던 상단의 상인들이 후다닥 달려왔다. 재빨리 마차에 실린 짐들을 치웠다.

그 사이에 상단의 무사들은 항복한 도적들을 밧줄로 단단히 묶었다.

마차가 비워지자마자 정이산이 올라탔다. 의자는 푹신했지만 다른 내부 시설은 별 볼일 없었다.

정이산이 마차 안에 앉아서 말했다.

“가자.”

사람들은 그게 무슨 소리인지 몰랐다.

진미화가 생각했다.

“가자고 해도 말이 알아서 갈 리가 없지. 마부도 달라는 소리인가? 그래. 저런 고수라면 똑똑한 사람을 마부로 붙여서 어떤 사람인지 알아내는 것도 좋……."

나꽃녀가 쪼르르 달려오더니, 마부석에 올라갔다. 자기 짐을 마차 지붕 위에 얹고는 마부석에 앉았다.

"와! 마차다!"

사람들이 놀라서 눈을 껌벅였다.

"저런 고운 아가씨가 왜 마부석에……."

"딱 보기에도 귀하게 자란 아가씨 같은데……."

나꽃녀가 몸을 옆으로 숙였다. 마차 안쪽을 보며 물었다.

"공자님. 제가 다리 아프다고, 마차 있으면 좋겠다고 이거 얻으신 거예요?"

"아니."

"헤헤. 고맙습니다."

진미화는 그들의 대화 내용도 이해할 수 없었다.

"저 남자가 아니라고 했는데 저 여자는 뭐가 고맙다는 거지? 아니라는 말뜻도 모르나?"

상단에 소속된 마부가 그녀 곁에서 맞장구를 쳤다.

"그러게 말입니다."

나꽃녀가 마차를 끄는 두 마리 말에게 말했다.

"얘들아. 어서 가자. 여관에 도착하면 맛있는 거 많이 사줄게."

진미화는 나꽃녀에 대해 판단했다.

"정신이 좀 나간 여자네. 말에게 말을 한다고 말이 말을 알아들을 리가 없잖아."

"그런 말은 마부 생활 십 년 동안 들어본 적도 없습니다."

말들이 앞으로 움직였다. 알아서 상단의 짐수레들을 피해 마차를 끌었다.

진미화가 입을 떡 벌렸다.

"뭐, 뭐야? 말이 왜 움직여요?"

마부도 당황했다.

"그, 그러게 말입니다. 채찍질도 한 번 안 했는데……."

그들이 멍해 있는 사이에 마차는 저만치 가 버렸다.

멍하니 있던 진미화가 그때서야 한숨을 쉬었다.

"하아. 보통 사람들이 아니었나 봐요."

정이산과 나꽃녀가 누구인지 궁금했지만 함부로 사람을 붙일 용기는 없다.

그녀가 묶여 있는 도적들을 돌아보았다. 게다가 당장은 이쪽 일이 급하다.

"이제, 이것들을 쥐어짜보죠. 누가 시켰는지 실토할 때까지 매우 치세요."

호송무사의 조장이 허리를 살짝 숙이며 대답했다.

"예이."

도적들이 놀라 아우성을 쳤다.

"말하겠습니다!"

그녀가 고개를 가로저었다.

"일단 매우 치고 나서 말하게 하세요. 저를 노린 죄는 커요."

"예이."

*　　*　　*

나꽃녀가 마차를 몰고 가면서 물었다.

"교주님. 그 사람들을 습격한 게 누군지 궁금하지 않으세요?"

"경쟁자."

"경쟁하는 상인이라는 말씀이세요?"

"경쟁자가 꼭 상인일 필요는 없지."

"그럼 누구예요?"

"그들의 사정이다."

"아, 예."

말들은 제법 속도를 내서 달리고 있었다. 나꽃녀가 그걸 보다가 물었다.

"얘들은 어디로 가는 걸까요?"

"아는 길."

그녀가 손뼉을 쳤다.

"아, 자기 집이 있는 마을로 가겠네요? 상단이 있는 마을이 넌, 작은 곳은 아니겠어요. 도시일까요?"

정이산은 더 이상 대답하지 않았다. 나꽃녀 혼자 신이 나서 떠들었다.

"도시에 가면 맛있는 것도 많을 거예요. 우리 거기 가서 실컷 먹……."

문득, 자기 처지가 생각났다.

"아, 우리 돈 없죠? 아까 도적놈들 잡았을 때 조금 빼앗아왔으면 좋았을 텐데."

이제 와서 후회해 봐야 늦었다.

"도시에 가도 또 국밥이네요. 그래도 잠은 이 마차에서 자면 되겠어요. 그렇죠?"

정말 마차에서 자자고 하는 소리가 아니다.

마차는 작은 편이다. 실내에 서너 사람 앉아도 불편한 건 없지만, 그건 앉을 때의 이야기다. 다리 쭉 펴고 누울 만큼 폭이 충분히 길지가 않았다.

밤새도록 다리를 구부리고 자면 아무래도 불편하다. 땅바닥에서 야영하는 것보다는 낫지만, 기왕이면 다리 펴고 이불 덮고 실내에서 자고 싶다.

그녀는, 자기가 마차에서 자자고 말하면 정이산이 어디서 멧돼지라도 한 마리 잡아다 주지 않을까 기대했다. 마차가 생겼으니 이제 잡은 멧돼지를 그녀가 짊어지고 갈 필요도 없다.

'교주님도 여기서 자는 건 불편하실 거야.'

정이산이 대답했다.
"마차가 마음에 드나보군. 그럼 넌 여기서 자라."
자기는 방을 얻어 자겠다는 소리다.
나꽃녀가 울상을 지으며 대답했다.
"네."

*　　　*　　　*

진양은 도시다. 작은 도시이지만 그래도 마을보다는 훨씬 크다. 항상 열리는 큰 시장에서부터 다양한 문화 시설들이 즐비하다.
도시답게 무공 문파도 여러 개가 있으며, 이곳에 근거지를 두는 상단도 있다.
나꽃녀가 도시 입구의 안내판에서 읽은 내용을 정이산에게 설명했다.
"옛날부터 보석처럼 아름다운 도시로 유명하대요. 보석 중에서도 하얗고 도도한 진주를 닮았대요."
"어디가?"
"그러게 말이에요. 이건 뭐 흑진주도 아니고……."
도시의 분위기는 을씨년스러웠다. 길거리에는 쓰레기가 잔뜩 굴러다녔다. 곳곳에 무너지거나 불타 버린 집이 방치되었다. 사람들은 찌푸린 얼굴로 돌아다녔다.

나꽃녀가 한숨을 쉬었다.

"휴우. 이젠 뭐 새롭지도 않아요. 다들 이러고 사는 게. 어디를 가도 마찬가지네요. 날도 늦었는데 계속 가실 건가요?"

"아니."

*　　*　　*

천마교주 정이산의 근접경호대장 복동구가 바닥에 찍힌 발자국의 깊이와 모양을 확인했다.

"발 모양이 교주님 맞네. 천마질풍보라도 펼치셨나?"

같이 있던 경호무사가 말했다.

"다른 흔적이나 시체를 보면 도적 나부랭이들이 어디 상단이라도 습격하다가 교주님을 만났나봅니다. 그런데 왜 그딴 것들을 상대로 천마질풍보를 펼치신 걸까요?"

"그놈들이 교주님 기분이 나빠질 만한 소리를 했나보지."

"나쁜 소리요? 감히 교주님을 죽이겠다고 한 걸까요?"

"도적 따위가? 그런 말도 안 되는 소리에 굳이 이런 큰 기술을 쓰시겠냐?"

"그러게요."

복동구가 머리를 벅벅 긁었다. 가려운 게 조금 시원해졌다.

"나도 모르겠다. 어쨌든 교주님이 여기서 한탕 하셨다는 건데, 그러고 나서 어디로 가셨을까? 야. 이쪽에 우리 애들 심어

놓은 거 없나?"

"그런 거는 정보각에 물어봐야 아는데, 여기서 그걸 어떻게 물어봅니까?"

"그래. 그냥 찾자. 찾다보면 또 교주님이 어디서 사고 쳤다는 소리가 들리겠지."

* * *

상주 지방 마교 지부장 조병환이 몽둥이질을 했다.

"전투단 하나를 줬는데, 어떻게 그놈들을 놓쳐? 겨우 열 놈을!"

몽둥이로 마두 홍문강의 온몸을 때렸다. 이미 머리가 터져서 피가 줄줄 흘렀다.

홍문강은 정말 최선을 다해서 복동구 일행을 쫓았다. 하지만 놓쳤다.

"지부장님. 천마교 놈들이 너무 빨랐습니다. 우리 애들로는 쫓아갈 수가……."

"변명하지 마라! 미리 포위라도 했어야지!"

포위를 했지만 뚫렸다.

"죄송합……. 컥!"

홍문강의 곁에는 다섯 명의 전투부대 전대장이 있었다. 조병환이 그들까지 몽둥이로 두드려 팼다.

"너희들도 마찬가지야! 잡으라고 했으면 잡아야지!"

"크억! 지부장님. 자비를!"

무사들의 피가 튀었다. 결국 몽둥이가 부러졌다. 새 몽둥이를 잡았다.

마교의 장로 국방건이 그걸 구경하다가 말했다.

"그러다 애들 잡겠군."

조병환이 씩씩거렸다.

"죄를 지었으면 벌을 받아야 하는 거 아니겠습니까?"

"벌은 나중에 또 줘도 되니까, 일단 그것들부터 잡는 게 순서지. 애들을 다시 보내서 그놈들을 찾는 게 좋아."

"장로님께서 그렇게까지 말씀하시니, 알겠습니다. 이놈들. 장로님에게 인사드려라. 장로님이 말리시지 않았으면 너희들을 모두 병신으로 만들려고 했다!"

홍문강이 고개를 숙이며 인사했다.

"장로님께 은혜를 입었습니다. 지부장님의 관대함 덕분에 살았습니다."

말은 그렇게 하지만 속으로는 이를 갈았다.

'조병환. 언젠가 내가 네 위에 올라가는 날이 오면, 너부터 죽인다. 반드시.'

*　　*　　*

나꽃녀가 마차를 몰고 여관을 찾아갔다.

일부러 마구간이 있는 큰 여관을 찾았다. 말을 맡기며 당부했다.

“애들한테 맛있는 거 많이 주고요, 털도 쓸어주고요, 그리고 또 푹 쉬도록 해주세요. 마차는 어디다 대요? 밖에 그냥 세워두면 되요?”

사실 말 먹일 돈이 없다. 말 먹일 돈은 고사하고 정이산이 묵을 방값도 없다.

하지만 믿는 게 있다.

‘마차에서 돈 될 만한 거 뜯어서 팔면 교주님 하룻밤 주무실 돈이야 어떻게 되겠지.’

여관 점원이 잠시 망설이다가 말했다.

“저기요. 말먹이야 준비하면 되는데요. 마차는 잘못 되도 보장 못합니다.”

나꽃녀는 걱정하지 않았다. 이미 그녀가 마차에서 잠을 자기로 했다. 기왕이면 여관 가까운 곳에 세워두고 싶다.

“걱정하지 마세요.”

* * *

여관 주인에게 마차에서 뜯어 가고 싶은 물건들을 골라보라고 했다.

“이런 마차에서 우리가 쓸 게 뭐가 있다고 그러십니까? 음.

여기 이 방식은 쓸모가 있어 보이지만…….”

“그거 얼마 쳐주실 건데요?”

“국밥 두 그릇에 방 하나 정도 어떻습니까?”

“에이. 조금만 더 쓰세요.”

나꽃녀는 방을 추가하는 대신에 더 나은 음식 쪽으로 협상을 걸었다. 덕분에 저녁은 국밥보다 좀 더 나은 것을 먹었다.

나꽃녀가 고기야채볶음을 먹으며 말했다.

“교주님. 역시 고기도 좀 넣어서 볶아먹으니까 좋죠? 역시 사람은 가끔 고기를 먹어줘야 한다니까요.”

“뛴다.”

그녀가 얼른 손으로 입을 가렸다.

“음. 음. 그래도 너무 맛있어요.”

싼 것을 시켜서 고기보다 야채가 많았다. 게다가 둘이서 경쟁하듯 고기부터 쏙쏙 집어먹었다. 어느새 야채만 남고 고기가 보이지 않았다.

정이산이 말했다.

“부족하군.”

그 말을 들은 나꽃녀는 신이 났다. 원래 가지고 있던 돈 네 푼을 꺼내며 외쳤다.

“아저씨. 여기 고기 좀 더 볶아주세요! 밥도 한 그릇 더 주시고요! 국물이 아주 끝내주네요.”

밥 잘 먹고 나서, 정이산은 자기 혼자 방에 쏙 들어가 버렸다.

나꽃녀가 마차에 들어가며 종알거렸다.

"다음 마을에 갈 때는 절대로 마차에서 잔다고 하지 말아야지."

멧돼지를 판 돈으로 필요한 물건을 준비할 때 얇은 이불을 두 장 사 놓았다. 일부러 정이산의 것을 바닥에 깔고 자기 것을 몸 위에 덮었다.

"교주님이 보시면 내 걸 깔라고 하실까? 헤헤."

도적떼도 만나고, 마차까지 모느라 피곤했다. 걷는 것보다 마차가 편하기는 했다.

배가 부르자 잠이 왔다.

"밥 먹자마자 자면 게으름뱅이 되는데. 음냐."

혼잣말을 하며, 이불 속에 쏙 들어갔다.

마차 문을 닫아도 틈사이로 조금 차가운 바람이 들어왔다. 이불을 덮고 있어서 그 정도는 괜찮았다.

"아, 좋다. 혼자 쓰니까 잘 만하네."

다리만 완전히 못 뻗는다 뿐이지 야영하는 것보다는 나았다.

새벽녘에, 마차가 조금 흔들렸다.

나꽃녀가 잠꼬대를 했다.

"아, 교주님. 조금만 더 잘게요. 잠깐만……."
흔들림이 심해졌다. 그녀가 어쩔 수 없이 눈을 떴다.
눈을 뜨자마자 본 건, 마차 천정이다.
정이산은 보이지 않았다.
마차가 심하게 흔들렸다. 그녀가 무슨 일인가 싶어 일어나서 마차 문의 창문덮개를 열고 밖으로 머리를 내밀었다.
밖에서, 다섯 명의 무사가 마차를 말에다 묶으려고 하고 있었다. 그들 중 하나와 눈이 딱 마주쳤다.
"어머. 누구세요?"
무사 중 하나가 나꽃녀를 보고 웃음을 실실 흘렸다.
"이거 마차만 가져가려고 했는데, 미녀까지 덤으로 얻겠구만."
다른 무사가 맞장구를 쳤다.
"우리가 오늘 아주 크게 한탕 했어."
나꽃녀가 그때서야 이들이 누구인지 깨달았다. 놀라서 소리를 빽 질렀다.
"도, 도둑이야!"
무사들은 꿈쩍도 하지 않았다.
"하하하, 소리 지른다고 누가 도와줄지 아냐?"
무사가 다가와 마차 문의 손잡이를 잡았다.
"이년! 이 마을에 감히 우리를 거스를 사람은 없다!"
나꽃녀가 문 안쪽 손잡이를 꽉 잡고 당겼다.

"사람 살려! 도둑이야!"

"아무도 도와주지 않는다니까. 내 일단 네년의 입술 크기부터 확인해 봐야겠……. 켁!"

무사가 눈을 뒤집으며 뒤로 자빠졌다.

정이산이 무사의 뒤에 서 있었다.

나꽃녀가 반갑게 외쳤다.

"고……. 공자님! 저를 구해 주러 오셨군요?"

"마차 문이 부서질 것 같아서 나왔다."

"헤헤. 안 부서졌어요."

도둑 무사들은 깜짝 놀랐다. 일제히 칼을 뽑았다.

"이놈! 우리가 누군지 아느냐!"

"몰라."

"모, 몰라? 우리는 마교에서 나오신 어르신들이시다!"

"마교가 도둑질도 하는군."

"도둑질이 아니다. 우리는 세금을 걷는 거다. 이놈! 네놈이 감히 우리 일을 방해했으니……."

정이산이 스윽 움직였다. 눈에는 느리게 보였지만 실제로는 정말 빨랐다. 마교 무사가 도망칠 틈도 없이 그의 목을 콱 잡았다.

"입이 험해."

"케켁!"

툭 밀었다.

마교 무사가 뒤로 물러서다가 엉덩방아를 찧었다.

그 상태로 호통을 치려고 했다.

입만 크게 벌렸지 소리가 나오지 않았다.

다른 무사 셋이 바짝 긴장했다.

정이산의 움직임을 제대로 알아보지 못했다. 얼마나 높은 수준인지 구분이 가지 않았다.

하지만 다섯 중에 어느새 둘이 무력화되었다. 그만하면 긴장할 이유로 충분하다.

마교 무사들 중 하나가 조심스럽게 물었다.

"무림맹의 고수이십니까?"

정이산은 굳이 대답하지 않았다.

마교 무사는 그걸 긍정으로 받아들였다.

"이보십쇼. 우리 피차 서로 안 부딪치려고 신경 쓰는 거 잘 알면서, 이렇게 우리가 와서 일하는 데 방해하면 안 되지."

혹시나 싶어서 말을 덧붙였다.

"다른 데서 와서 여기 소식 아직 못 들은 거면, 당신네 지부에 확인 좀 해보고 오쇼."

"싫다."

마교 무사는 당황했다.

"시, 싫다니. 이보십쇼. 당신 정말 무림맹에서 온 거 맞는 거요?"

믿는 구석이 생긴 나꽃녀가 문을 벌컥 열었다. 마차에서 내리며 외쳤다.

"이 도둑놈들아!"

마교 무사들의 인상이 나빠졌다. 겉으로는 화를 내지 않았다.

'저 고수의 애인이거나 마누라라면, 건드리면 우리 손해지. 여자 앞이라고 무공 자랑 하면 우리만 손해니까.'

나꽃녀가 따져 물었다.

"서로 안 부딪치려고 한다는 게 뭐야? 당신들이 이 도시에 있을 때는 무림맹이 안 온다는 거야?"

"당연한 거 아뇨? 대신에 당신네 무림맹이 여기 와 있을 때는 우리가 알아서 피해 주잖우."

나꽃녀가 방방 뛰었다.

"무슨 무림맹이 그래! 마교랑 같이 이 도시를 나눠먹는 거잖아!"

마교 무사가 그녀의 말에서 이상한 점을 잡아냈다.

"뭐요? 당신들 무림맹에서 온 거 아뇨?"

나꽃녀가 고개를 획 돌렸다.

"흥. 아니야!"

마교 무사가 갑자기 큰소리를 쳤다.

"배경이 무림맹도 아니면서 우리 마교의 일을 방해하다니! 썩 꺼져라. 그러면 지금 일은 없던 것으로 해주겠다!"

정이산이 마교 무사를 스윽 보았다.

"하지 마."

"뭐, 뭘 하지 말란 거요?"

나꽃녀가 통역해 주었다.

"없던 일로 하지 말라고. 감히 우리 공자님이 누구신지 알고 그따위 협상을 걸어?"

마교 무사가 다시 긴장했다. 아무리 마교라는 배경을 팔아도 상대가 겁을 먹지 않는다.

"누, 누구쇼?"

"알면 다쳐!"

천마교주라는 걸 알면 정말 다친다.

마교 무사는 나꽃녀가 자기를 놀린다고 생각했다. 그렇지 않아도 더럽던 성질이 폭발했다.

"씨팔! 배경도 없는 쌍것들이 무공만 믿고 감히 우리 마교를 모욕……."

정이산이 마교 무사의 따귀를 툭 쳤다.

남들이 보기에는 툭 치는 것처럼 보이는데, 얻어맞은 마교 무사는 선채로 몇 바퀴나 회전하다가 자빠졌다.

"쿠에엑!"

정이산이 다른 무사 둘을 스윽 돌아보았다.

남은 둘은 자기 동료가 곰발바닥에라도 맞은 것처럼 나동그라지는 걸 보고 겁을 잔뜩 먹었다.

자존심이고 뭐고 없이 굽실거렸다.

"죄, 죄송합니다."

정이산이 한 마디 툭 던졌다.

"치워."

그리고는 여관으로 쏙 들어갔다.

무사들은 그게 무슨 뜻인지 몰라 눈만 껌뻑였다. 모르니까 초조했다. 어서 시키는 대로 하고 싶은데 뭘 시켰는지를 몰랐다.

나꽃녀가 큰소리로 말했다.

"기절한 이 두 놈 치우라고! 썩 꺼지라는 말씀이시잖아!"

둘은 멀쩡하고 하나는 목만 다쳤다. 셋이 깜짝 놀라 쓰러진 둘을 잡았다.

"당장 치우겠습니다!"

나꽃녀가 손을 내밀었다.

"그 전에!"

"예?"

"돈 있으면 다 내놓고 치워."

"예에?"

나꽃녀가 눈에 힘을 주었다. 눈동자가 워낙 맑아서 그래봐야 별로 무서워보이지도 않았다.

"우리 공자님 나오시라고 할까?"

나꽃녀는 이제 와서 정이산을 불러봐야 다시 안 나올 거라는 걸 안다.

하지만 마교 무사들은 모른다.

무사들이 즉시 자기들 돈주머니를 꺼냈다.

"여기……."

나꽃녀가 한마디 더 했다.

"더 내놔."

이번에는 무사들도 그게 무슨 소리인지 알아들었다. 재빨리 정신 잃은 동료들의 몸을 뒤져 돈주머니를 꺼냈다.

그렇게 모은 돈을 모두 나꽃녀에게 바쳤다.

"저희가 아직 수금 전이라 얼마 되지 않습니다만……."

나꽃녀가 돈주머니들을 받아 탈탈 털었다. 다 모으니 은전이 열 개에 철전도 여러 개가 되었다.

"정말 얼마 안 되네."

말은 그렇게 하지만 좋아서 웃음이 실실 나왔다.

그걸 감추려고 호통을 쳤다.

"운 좋은 줄 알아. 당장 치워. 안 그러면 공자님 나오실 거야. 우리 공자님 다시 나오시면 이렇게 간단하게 안 끝나."

"치, 치우고 있습니다!"

마교 무사들이 기절한 동료들을 들쳐 메고 도망쳤다.

나꽃녀가 돈을 주머니 하나에 몰아넣고 살살 흔들었다. 짤랑거리는 돈 소리를 즐기며 방긋 웃었다.

"어머. 이게 뭐야? 공돈이 잔뜩 생겼네?"

마차를 스윽 보더니, 여관 문을 벌컥 열고 들어갔다.

소란을 듣고 여관 주인이 깨어 있었다.

나꽃녀가 기세 좋게 주문했다.

"여기 방 하나 더 줘요. 아랫목이 뜨끈뜨끈한 방으로요. 아까 판 방석도 도로 가져와요. 우리 공자님 마차에서 엉덩이 아프시면 안 되니까."

# 第三章

마동팔은 마교의 마두다.

그리 유명한 마두는 아니다. 그래도 고수 축에 든다.

정이산에게서 도망친 마교 무사들은 땅바닥에 엎드려 엉덩이를 높이 들고 있었다.

마두 마동팔이 굵은 몽둥이로 무사들을 두드려 팼다.

"니들이 동네 사파야? 니들은 마교야. 마교 무사가 듣도 보도 못하던 잡놈에게 돈을 뜯기고 와?"

"끄윽. 대장님. 그놈이 고수라 어쩔 수가 없……."

"닥쳐. 이 새끼야. 어디서 잘했다고 변명질이야!"

"커억!"

마동팔은 부상자라고 해서 봐주는 법이 없다. 다섯 명을 마음 가는 대로 팼다. 몽둥이로 패는 사이사이에 발길질도 섞었다.

마동팔은 부하 다섯이 모두 온몸에 피멍이 들어 게거품을 물 때 쯤에야 때리는 걸 멈추었다.

마동팔이 상의를 벗었다.

"후우. 힘썼더니 덥네."

무사들은 혹시 마동팔이 옷까지 벗고 때릴까 싶어 몸을 움찔거렸다.

마동팔이 방망이를 바닥에 내던지고 큰소리를 쳤다.

"가서 그놈을 죽여 버리겠다. 마교를 건드리면 어떻게 되는지 다른 놈들에게도 가르쳐 주겠다."

맞는 동안 마동팔에 대한 원한을 조금 더 쌓은 부하 무사들이 속으로 말했다.

'그래. 가서 너도 한번 맞아봐라.'

'넌 돈 뺏긴 다음에 무슨 소리 하나 보자.'

마동팔은 혼자 갈 생각이 없다.

"수금 나간 놈들이 다 돌아오려면 한참 남았지? 아침에 가겠다."

마동팔은 힘없는 사람에게는 악귀처럼 잔혹하게 굴지만, 자기보다 강한 권력을 가진 사람에게는 설설 긴다. 약자에게 강하고 강자에게 약하다. 그는 고수 축에 드는 실력을 가지고 있지만 세상에 자기보다 강한 자가 얼마든지 있다는 걸 잘 안다.

정체를 모르는 고수를 혼자 상대하고 싶은 생각은 손톱만큼도 없다. 그에게는 부하가 많다.

'부하라는 건 원래 아껴두면 똥 되지.'

*　　*　　*

다음날 아침에, 여관 마당에 선선한 아침 바람이 불었다.

마당에 설치된 평상 위에 큼지막한 밥상이 놓였다.

차려진 밥상에는 고기 요리가 몇 가지나 올라왔다. 어제는 고기야채볶음 하나에도 감탄했다. 오늘의 진수성찬은 감동 그 자체다.

정이산이 물었다.

"돈은?"

나꽃녀가 고기를 씹다가 대답했다.

"공자님이 어젯밤에 벌어주셨잖아요."

"튄다."

그녀는 얼른 손으로 입을 가렸다. 남은 고기를 서둘러 씹어 삼켰다.

"열 냥도 넘게 벌었어요. 우리 이제 부자예요."

정이산이 안심하고 고기를 먹었다.

맛있었다.

천마교에서 먹던 것에 비하면 별것 아니지만 그동안 좀 부실하게 먹었다. 다시 제대로 된 요리를 먹으니 정말 맛있었다.

돈이 넉넉해지자 당장 먹을 게 이렇게 좋아졌다.

'돈이 좋긴 좋군.'

"좋군."

나꽃녀는 음식이 좋다는 줄 알고 신이 나서 맞장구를 쳤다.

"정말 맛있죠? 저 고기 너무 좋아요."

간만의 만찬은 길지 않았다. 두 사람이 신이 나서 먹어대는 걸 감히 방해하는 인간이 나타났다.

마교의 마두 마동팔이 여관 대문을 걷어차며 마당으로 들어왔다.

"여기 간이 배 밖으로 나온 새끼가 누구냐?"

마동팔을 뒤따라 이십여 명의 무사가 들어왔다.

칼을 찬 무사들이 눈을 번뜩이며 병풍처럼 마동팔의 뒤에 늘어섰다. 조금 전까지 풍족하고 풍요롭던 여관 마당이 순식간에 살벌해졌다.

여관에서 아침을 먹던 숙박 손님들이 뜨끔해서 어깨를 움츠리며 속닥였다.

"마교다. 마교."

"눈 마주치지 마."

오직 두 명, 정이산과 나꽃녀만 여유가 있었다. 둘 다 요리를 먹는데 바빠 마동팔은 쳐다보지도 않았다.

마동팔의 눈썹이 팔(八)자가 뒤집힌 모양으로 휘어졌다.

"이런 쌍놈들을 봤나? 마교의 어르신들을 봤으면 냉큼 무릎을 꿇고 머리를 땅에 박아야지, 감히 밥을 처먹어?"

호통을 쳐봐도 두 사람은 여전히 신경도 쓰지 않는다.

마동팔은 화가 났다. 화가 나서 찾아왔는데 무시당한다고 생각하자 더 참지 못할 정도가 되었다.

그가 부하들에게 살인명령을 내렸다.

"애들아. 저놈은 쳐죽이고, 저년은 끌고 와라."

스무 명 중 열다섯 명이 달려갔다. 어제 맞은 다섯 명은 한 걸음 늦게 움직였다.

정이산이 접시 하나를 막 비웠다. 음식 찌꺼기가 묻어 있는 빈 접시를 마치 버리는 것처럼 휙 던졌다.

손을 떠난 접시가 맹렬히 회전했다. 비명을 지르는 것 같은 소리를 내며 날아갔다.

끼아아아악!

마치 귀곡성 같았다.

무사들이 순간적으로 얼어붙었다. 섬뜩한 소리와 함께 날아간 접시가 그런 무사들 사이를 빠져나갔다.

접시는 곧바로 마동팔의 얼굴을 향했다.

마동팔은 명색이 마두이자 고수다. 즉시 칼을 뽑아 휘둘렀다.

"겨우 이따위 거!"

접시는 고속으로 회전했지만, 날아가는 속도 자체는 그리 빠르지 않았다. 암기치고는 크기도 제법 컸다. 마동팔의 실력이면 충분히 받아칠 수 있을 만한 속도였다.

마동팔이 사람의 피를 많이 먹어 검게 번들거리는 칼로 질그릇 접시의 한가운데를 정확히 베었다.

퉁!

두 조각으로 자르려고 했다. 잘리지 않았다.

접시의 회전에 칼날이 밀렸다. 자르는 건 고사하고 작은 조각 하나 떨어지지 않았다. 칼날만 옆으로 밀려났다.

마동팔은 깜짝 놀랐다.

"헉!"

놀라도 늦었다. 접시가 그대로 밀고 들어와 마동팔의 얼굴로 향했다.

마동팔이 급한 대로 팔을 들어 막았다. 접시가 팔을 처박혔다.

"꾸에엑!"

마동팔이 비명을 지르며 뒤로 자빠졌다.

접시에 얼굴이 날아가는 건 면했다. 하지만 접시를 막은 오른팔이 피투성이가 되었다. 근육이 상한 건 물론이고 뼈도 부러지기 직전이다.

마당 흙바닥에 쓰러진 마동팔이 욕부터 내뱉었다.

"이, 이 새끼가!"

버둥대며 일어났다.

피투성이에 흙투성이가 되었다. 꼴이 말이 아니었다.

마교 무사들은 침만 삼켰다.

장수가 쓰러지면 병사들의 사기가 떨어지는 법이다. 정이산은 마동팔을 일격에 쓰러뜨렸다. 무사들은 이제 감히 정이산을 상대할 자신이 없었다.

마동팔이 악에 받혀 소리를 질렀다.

"이 새끼! 내가 누군지 알아?"

정이산은 대답도 하지 않았다. 대답할 가치도 없었다.

나꽃녀가 대신 물었다.

"너 누구니?"

"이, 이 어린년이! 내가 바로 마동팔이다!"

나꽃녀가 잘 안 들린다는 듯이 손을 귓가에 대었다.

"누구?"

"교주님의 조카인 마동팔이란 말이다!"

마교 교주의 조카라는 말에, 나꽃녀가 조금 긴장했다.

"친조카?"

"팔촌 조카다!"

나꽃녀의 긴장이 단숨에 풀렸다. 피식 웃었다.

이젠 그녀조차도 마동팔을 상대해 주지 않고 요리에만 신경을 썼다.

“어머. 공자님. 제가 저 덜떨어진 인간이랑 말하는 사이에 고기만 너무 골라 드셨다. 아까운 내 고기.”

마동팔이 몸을 부들부들 떨었다.

그는 마교 교주의 팔촌 조카다. 멀고도 먼 촌수이지만 같은 핏줄이라는 게 중요하다. 마교에서는 교주와 사촌까지의 사람을 성혈이라 부르고, 팔촌까지를 진혈이라고 불렀다.

마교에서는 진혈만 돼도 대우가 달라진다. 남보다 빠르게 승진하고 좀 더 좋은 자리를 맡는다. 마동팔이 진양 시의 세금 수금 책임자라는 노른자위 자리에 앉은 건 그의 능력이 출중해서가 아니다. 진혈이어서다.

그는 남들보다 좋은 대우 받으며 살았다. 대우 받으며 사는 동안 참는 법을 조금씩 잊었다. 이제 정이산과 나꽃녀에게 대놓고 무시당하자 눈이 뒤집혔다.

그가 부하들에게 고래고래 소리를 질렀다.

“당장 저 놈을 쳐죽여! 내가 네놈들을 죽이기 전에!”

왼손으로 검을 들고 부하들을 향해 칼을 휘둘렀다.

칼에 진심이 담겼다.

마교 무사들에게 마동팔의 말은 단순한 협박이 아니다.

‘마동팔이라면 정말 우리를 죽일지도…….’

부하들이 어쩔 수 없이 정이산에게 덤벼들었다.

‘그래도 설마 둘밖에 없는데.’

'우리가 마교인 걸 아니까, 저놈도 살고 싶으면 적당히 하다 도망치겠지.'

착각은 자유다. 가끔은 그 대가가 크다.

마교 무사들이 기세 좋게 소리쳤다.

"이놈! 죽어라!"

"네년도 노리개가 돼라!"

무사들이 정이산에게 이래라 저래라 하는 소리를 실컷 했다. 그 대답은 젓가락이었다.

"싫다."

정이산이 젓가락 통에 꽂힌 수십 개의 젓가락을 왼손으로 덥석 잡더니 휙 뿌렸다.

접시를 던질 때도 그랬다. 정이산이 접시를 그냥 휙 던지는 것처럼 보였지만, 날아간 접시는 무시무시한 무기로 변했었다.

젓가락도 마찬가지다. 손을 떠나자마자 쫙 퍼지며 하나하나가 화살처럼 매섭게 쏘아졌다. 마치 궁수부대가 활을 일제사격 하는 것 같았다.

"으아악!"

"꿰엑!"

스무 명의 마교 무사 중에 열다섯 명이 몸에 젓가락을 한두 개씩 꽂았다. 꽂아 넣은 깊이도 제법 깊어서, 반격은 고사하고 제자리에 고꾸라지는 무사가 수두룩했다.

아홉이 쓰러져서 바들거리고, 여섯이 겨우 버티고 서서 어깨나 팔에 꽂힌 젓가락을 뽑았다.

어젯밤에 정이산에게 맞아본 다섯만이 한 발 늦게 움직인 덕에 화살의 소나기를 피했다.

다섯 중 둘이 생각했다.

'우리는 어제 액땜해서 다행이다.'

셋의 생각은 조금 달랐다.

'우리야 어제 액땜했지만, 저 두 놈은 어제도 안 맞았잖아.'

마동팔의 턱이 툭 떨어지듯 벌어졌다.

"이, 이, 이게 어떻게……. 이건 말도 안……."

그가 벌어진 턱을 억지로 다물고, 침을 꿀꺽 삼켰다.

그가 믿던 부하들은 단 일격에 무력화됐다. 전멸한 건 아니지만 다시 정이산을 죽이라고 해봤자 될 리가 없다.

마동팔이 떨리는 목소리로 물었다.

"정말 무림맹 분들이 아니십니까?"

말투도 공손해졌다.

정이산은 대답하지 않았다. 고기만 골라 먹었다.

나꽃녀는 고기를 더 먹지 못했다. 아무리 그녀가 먹성이 좋아도, 가까운 거리에서 무사들이 젓가락을 몸에 꽂고 꿈틀대는데 고기를 더 씹고 싶지는 않았다.

그래서 야채를 골라 먹었다. 바깥으로 손짓을 했다.

"아니니까 이제 좀 가. 응?"

마동팔의 눈이 반짝 빛났다.

"그럼 우리 마교에 가입하십시오. 당신처럼 뛰어난 고수는 많은 돈과 땅, 그리고 미녀들을 받을 겁니다."

꿍꿍이가 있었다.

'이만큼 뛰어난 고수를 영입하면 그게 다 내 공이지. 성공하면 이 고수가 받는 것의 일 할을 내가 받고, 다시 이 고수가 끌어들이는 놈들이 받는 것의 일 할의 일 할을 받고, 그렇게 여섯 단계까지만 가면…….'

부자가 될 상상에 들떴다.

'이게 바로 전화위복…….'

문득 눈앞을 커다랗게 채우는 둥근 물체를 보았다. 그게 뭔지 깨닫기도 전에 두 눈 사이를 밥그릇으로 얻어맞았다.

"케엑!"

마동팔의 코뼈가 부러졌다. 압도적인 충격량을 견디지 못하고 뒤로 나자빠졌다.

정이산이 식사를 끝내고 자리에서 일어났다.

"좋군."

나꽃녀가 같이 일어서며 맞장구를 쳤다.

"맞아요. 조용해지니까 정말 좋네요."

얼어붙은 마교 무사들에게 바깥쪽으로 손짓을 했다.

"어서 꺼져. 쉭쉭."

* * *

마교 무사들은 판에 박힌 '두고 보자' 는 대사를 치고 도망쳤다. 그 소리를 한 무사는 도망치다가 뒤통수에 물 잔을 얻어맞고 고꾸라졌다.

여관 주인은 주방에 숨어 있었다. 마교 무사들이 돌아오지 않는다는 게 확인된 후에야 주방에서 나왔다.

나오자마자 제일 먼저 정이산을 찾아왔다.

정이산은 만족스러운 식사 후에 등받이가 기다란 의자에 앉아서 햇볕을 즐겼다.

여관 주인이 조심스럽게 말을 걸었다.

"저기……."

정이산이 그를 힐끗 쳐다보더니 다시 햇볕을 쬐었다.

곁에서 같이 햇볕을 쬐던 나꽃녀가 대신 물었다.

"돈은 다 냈잖아요?"

여관 주인이 난처한 표정으로 말했다.

"그게 아니라, 아까 그놈들, 마교입니다만……."

"알아요."

"여기 계속 계시면 뒤탈이 있을 겁니다. 다른 곳도 아니고 마교 놈들이 이대로 끝낼 리가 없으니까요. 아, 제 가게 걱정을 하는 게 아니라, 두 분 걱정을 하는 겁니다."

나꽃녀가 손을 내저었다.

"어머. 별 걱정을 다 하신다. 아까 못 보셨어요? 우리 공자님이 손짓만 하면 다 쓰러졌잖아요."

"그게, 아까 그놈은 마동팔이라는 놈인데, 고수인 건 맞습니다만, 자기 실력보다는 핏줄이 진혈이라서 높은 자리에 있는 놈입니다."

"진혈이 뭔데요?"

"마교 교주의 팔촌 이내 친척입니다."

"별거 아니네요. 하여간 실력 없어 보이더라니."

"모든 진혈이 부실한 건 아닙니다. 진짜 무서운 놈은 따로 있습니다. 마동팔이 분명히 그놈을 데리러 갔을 겁니다."

나꽃녀가 조금 긴장했다.

"무서운 놈이요? 얼마나 무서운데요?"

"대마두 마상구라고, 무림맹 고수들조차 이름만 들어도 벌벌 떠는 놈입니다."

"설마요."

"마상구 혼자서 유명한 문파의 전투부대 하나를 몰살시킨 적도 있습니다."

"아주 고수는 그럴 수도 있다고 들었는데요?"

"그냥 몰살시킨 거면 이런 소리 안 합니다. 저도 들은 이야기인데, 마상구가 혼자서 그 부대의 무사 오십 명을 죽이는 데 걸리는 시간이 얼마였는지 아십니까? 물 한 잔 마실 만큼도 되지 않았다고 합니다."

보통 전투부대는 고수가 지휘한다. 적으면 전대장 혼자 고수이지만, 정예부대인 경우는 조장들까지 고수인 경우도 있다.

그런 부대를 혼자서 무찌른다는 것만 해도 대단한 일이다. 순식간에 전멸시키는 건 거의 불가능하다. 거의 불가능한 걸 해내려면 그만큼 강해야 한다.

나꽃녀가 그때서야 겁을 먹었다. 정이산을 돌아보았다.

'교주님이 무공 좀 하는 것 같지만, 그래도 그 정도로 대단할 리는 없잖아. 매화 언니가 분명히 교주님은 안 세다고 했으니까.'

문매화가 들으면 억울해할 소리다. 그녀는 그런 말을 한 적이 없다. 나꽃녀가 잘못 알아들었다.

나꽃녀가 아직도 되도 않는 착각을 하며 정이산을 슬쩍 떠보았다.

"공자님. 우리 배도 부른데 슬슬 출발할까요?"

도망치자는 소리다. 속마음을 그대로 말하면 안 갈까봐 돌려 말했지만 택도 없었다.

"싫다."

정이산은 대마두 마상구가 세다는 말에 은근히 기대를 했다.

'한순간에 오십 명이라. 괜찮군.'

'물 한 잔 마시는 시간' 이라는 말을, '물 한 잔을 단번에 들이키는 시간' 으로 알아들었다. 구미가 동했다.
나꽃녀는 불안했다.
'아이. 참. 고집 부릴 때 부려야지.'
답답한 마음에 조금 강하게 말렸다.
"공자님. 단번에 오십 명이나 쓰러뜨렸다면 엄청난 고수란 소리잖아요. 그런 대단한 사람하고 싸우면 아무리 공자님이라도 큰일 나요. 도대체 어쩌시려고 그러세요?"
그녀의 말에 진심이 묻어난다는 게 문제다.
정이산이 나꽃녀를 슬쩍 째려보았다.
나꽃녀가 놀라서 후다닥 물러났다. 같이 다녀서 익숙해졌지만 눈앞의 남자는 천마교주다. 표정 변화가 거의 없던 사람이 째려보자 당장 꼬리를 말았다.
"아니, 전 그냥 말이 그렇다는 거죠."
정이산이 다시 햇볕을 쬈다. 눈도 슬쩍 감았다.
'마상구라……. 어서 붙어봤으면 좋겠군.'
나꽃녀가 그걸 보고 한숨을 푹 쉬었다.
"에휴. 내 팔자야."
정이산을 버리고 혼자 도망칠 수는 없다. 그녀가 정이산의 옆에 조금 붙어 앉았다.
"공자님 다쳐도 난 몰라요."
속 편하게 생각하기로 했다.
'그래도 천마교주님인데, 아무리 마교의 대단한 대마두라

고 해도, 설마 죽이기야 하겠어?'

그녀는 정이산의 패배를 기정사실로 보았다. 하지만 그의 배경이 그를 지켜줄 거라고 생각했다.

"아, 날씨 좋다."

입으로 아무리 괜찮은 척해도 속은 편해지지가 않았다. 자리에서 벌떡 일어났다.

"공자님. 제가 가서 정보 좀 수집해 올게요."

정이산은 그렇지 않아도 대마두 마상구에 대해 궁금해하던 참이다. 어느 정도 실력인지 소문이라도 좀 듣고 싶었다.

시큰둥하게 한 마디 던졌다.

"그러든지."

나꽃녀는 근처 가게들을 한참을 돌아다니며 정보를 수집했다. 사람들은 대답을 꺼렸지만 성인 남자들은 예쁜 그녀가 조금만 꼬드기면 아는 걸 이야기해 주었다. 잠깐의 탐문으로 그럭저럭 필요한 정보는 얻을 수 있었다.

그녀는 한참 작업한 후 정이산에게 돌아왔다.

"교주님. 어머. 이 동네 말이에요. 아주 엉망이에요. 엉망."

정이산은 묻지 않았다. 그녀가 말을 못하게 막지도 않았다. 그냥 앉아 있었다.

그렇게 그냥 있기만 해도 나꽃녀가 알아서 떠들었다.

"여기는요, 무림맹하고 마교가 돌아가면서 와서 돈을 빼앗아간대요. 어느 날은 무림맹이 세금 내라고 그러고, 다음에 다시 마교가 찾아와서 다시 또 세금 내라고 그런대요. 세상에. 두 배로 내는 거잖아요."

정이산의 궁금증이 풀리지 않았다. 나꽃녀는 마교의 대마두 마상구에 대해서 알아보겠다며 돌아다녔다. 돌아와서는 다른 소리만 한다.

"그리고?"

'그래서' 가 아니라 '그리고' 다.

나꽃녀가 그 단어의 의미 차이를 눈치챘다. 살살 웃었다.

"어머. 우리 교주님. 이 마을 사정이 어지간히 궁금하셨나 보다."

정이산이 시선을 먼 곳 산등성이로 주었다.

더 이상 묻지도 않았다.

나꽃녀는 그가 혹시 삐졌나 싶어 얼른 알아온 걸 떠들었다.

"이 도시에 불탄 건물하고 무너진 건물이 많은 이유를 물어보신 거죠? 사람들이 편을 갈라서 서로 미워해서 그래요."

정이산의 시선이 나꽃녀 쪽으로 돌아왔다.

묻지는 않았다.

나꽃녀가 계속 설명했다.

"무림맹이 오면요, 그쪽이랑 친한 사람들이 마교에 협조한 사람 집을 불태워 버리고 그런대요. 마교가 쳐들어오면 반대로 무림맹 쪽 사람 집을 부숴 버리고요."

설명을 해줘도 정이산은 여전히 나꽃녀를 물끄러미 바라보기만 했다.

나꽃녀가 그때서야 손뼉을 딱 쳤다.

"아! 그 고수 말예요. 대마두 마상구요. 알아보니까 어마어마한 고수래요. 칼질 한 번에 전투부대 하나를 전멸시켰다는 소문이 있는데, 목격자도 잔뜩 있대요."

정이산의 입꼬리가 살짝 올라갔다. 너무 조금 올라가서 잘 보이지도 않았다.

'마음에 들어.'

나꽃녀가 눈을 휘둥그레 떴다.

"교주님. 혹시 지금……. 웃으시는 거예요?"

입꼬리가 도로 내려왔다. 언제 올라갔냐는 듯이 일자로 그어졌다.

"아니."

"하긴. 교주님이 웃으시다니. 그럴 리가 없죠. 어쨌든 교주님. 우리 이제 도망……. 아니, 슬슬 출발하면 안 돼요? 제 고향 찾아주신다고 하셨잖아요."

"아!"

나꽃녀가 깜짝 놀라 두 손으로 입을 가렸다.

"뭐, 뭐예요? 까먹으셨던 거예요?"

정이산이 정색을 했다.

"아니."

"교주님. 너무해요!"

* * *

정이산은 천마교가 있는 주도에서 살 때 산책을 즐겼다. 상주 지방에 온 후로는 그냥도 돌아다닐 일이 많아 굳이 산책을 하지는 않았었다.

진양에 잠시 머물자, 다시 산책을 나섰다.

느긋하게 걷는 그의 곁에서, 나꽃녀가 수다를 떨었다.

"교주님. 저는 분명히요. 작은 도시의 양가집 규수일 거예요. 음. 동생은 남동생이랑 여동생이 하나씩 있었을 거 같아요. 부모님은 가게에서 장사를 하시고요."

"약장사일지도."

"야, 약장사요?"

"네 몸."

그녀의 몸에는 천마교의 마의도 파악하지 못한 뭔가가 있다. 마의는 누군가가 그녀의 몸에 뭔가 특별한 조치를 해놓았다고 판단했다.

그녀가 말을 바꾸었다.

"제 몸에 깃든 게 뭔지는 몰라도 보통 집에서는 할 수 없는 거잖아요. 전 아마 큰 도시의 대갓집 딸일 거예요. 동생들은 다섯 명쯤 있고요. 부모님은 큰 상단을 운영하시고요."

어차피 기억나는 건 없다. 그녀가 마음대로 상상의 나래를 폈다.

"집에는 저런 마차가 있을 거예요."

화려하고 큰 마차 한 대가 그들 쪽으로 다가왔다.

마차가 방향을 바꾸지 않았다.

나꽃녀는 깜짝 놀랐다.

"어머. 저게 왜 저런대요? 혹시 마교 아녜요? 교주님. 교주님?"

정이산은 반응을 보이지 않았다. 마차를 완전히 무시하고 그쪽은 쳐다보지도 않았다.

달려오던 마차가 그들 가까이에서 정지했다. 마부가 말을 달래는 사이에 마차 문이 벌컥 열렸다.

여인의 늘씬한 다리 선이 먼저 보였다. 내린 건 진양상단의 진미화다.

진미화가 마차에서 내리자마자, 정이산을 보고 아는 체를 했다.

"어머. 이게 누구세요?"

잠깐 뜸을 들여 봤지만 반응이 없다.

진미화가 서둘러 말을 이었다.

"저번에는 인사도 제대로 못 드렸어요. 도적들에게서 구해 주셔서 정말 고마웠어요."

정이산이 그때서야 고개를 진미화가 서 있는 방향으로 돌렸다. 슥 보더니 감상을 말했다.

"좋군."

진미화의 표정이 환해졌다.

"어머. 고마워요. 저도 다시 만나서 정말 좋아요."

나꽃녀가 그녀가 하는 꼴을 구경하다가 안 되겠다 싶어서 정정해 주었다.

"마차가 좋다는 말씀이세요."

진미화의 뺨이 대번에 달아올랐다. 또 혼자 설친 것 같아서 창피했다.

"마, 마차는 저번에 제가 쓰던 걸 가져가셔서, 다른 마차 한 대 뽑았어요. 마침 좋은 마차가 나온 게 있어서요."

은근히 돈이 많다는 걸 자랑했다.

그래도 정이산은 반응을 보이지 않았다.

정이산은 천마교주다. 진미화가 마차 정도는 쉽게 구입할 정도의 재산을 자랑해 봤자, 그의 관심을 끌 수는 없다.

진미화가 괜히 애가 달아서 말꼬리를 붙였다. 좀 더 직접적으로 자랑을 했다.

"우리 진양상단은 이 도시에서 제일 큰 상단이에요."

그래봐야 천마교주 정이산에게는 소도시의 상단이다.

진미화는 초조해졌다.

'이 사람을 고용하면, 복수할 수 있을 거야. 대단한 고수니까.'

그녀는 도적들을 심문해 정보를 얻었다. 누가 자기를 노렸는지 알았다. 만만치 않은 상대였다.

그때부터 정이산이 아쉬웠다.

도시에서 마차를 타고 지나가다가 정이산을 발견했다. 보자마자 결정했다.

'어떻게든 고용하자. 얼마가 들든 상관없어. 한몫 단단히 준다고 하지 뭐.'

천마교주에게 한몫 단단히 주려면 진양상단을 통째로 팔아도 모자란다.

그녀는 그걸 모른다.

진미화는 돈만 계산한 게 아니다. 그녀는 자기 미모에 자신이 있었다.

마치 유혹하듯이, 배시시 웃었다.

"긴히 드릴 말씀이 있는데요. 어디 조용한 곳에 가서 이야기 좀 해요."

"싫다."

너무 간단히, 즉시 튀어나온 대답에 진미화가 당황해 입만 빼끔거렸다.

정이산이 그녀를 놔두고 걸어갔다.

나꽃녀가 정이산을 따라갔다. 고개만 뒤로 돌려 진미화를 향해 혀를 날름 내밀었다.

* * *

정이산이 모퉁이 너머로 사라진 후에, 사정을 모르는 마부가 진미화에게 말했다.

"아가씨. 애들 몇 불러다가 잡아올까요?"

"그렇게 간단히 잡을 수 있는 사람이면 내가 왜 직접 나서겠어? 애들만 다쳐."

"그럼 그냥 돌아가시지요."

진미화는 조금 전 일로 자존심이 상했다. 하지만 정이산을 포기하지는 않았다.

"자존심이 돈 벌어주는 것도 아니고, 이 정도로 포기하면 상인의 딸이라 할 수 없지."

그녀가 종종걸음으로 정이산을 쫓았다. 마부는 무슨 일인지 몰라 마차를 몰고 그녀의 뒤를 따랐다.

정이산은 쉽게 찾아냈다. 그는 무공을 쓸 때는 발이 빠르지만, 산책할 때는 보통 걸음으로 걷는다.

진미화가 정이산에게 다시 달라붙어 이야기를 시작했다.

"잡아주신 그 도적들을 제가 직접 심문했어요. 저를 습격한 이유가 뭔지 궁금하지 않으세요?"

남의 일이다.

"우리 상단의 신용을 떨어뜨리고, 저를 납치해서 우리 아빠를 협박하려고 한 거예요. 아, 우리 아빠가 진양상단의 상단주이시라는 건 말씀드렸나요?"

반응이 없다.

"이번 일은 금성상단이 의뢰한 거래요. 상단도 아니죠. 금성파가 자기네 장로를 시켜서 만든 데인데, 정상적으로는 장사가 안 되니까 아예 우리 진양상단을 잡아먹으려는 거예요."

그러거나 말거나다.

"금성파는 사파예요. 우리 배경은 무림맹이죠. 예전에는 금성파가 이렇게 안하무인으로 나오지 못했는데, 대마두 마상구가 나타나면서부터 사파들까지 기가 세졌어요."

정이산의 시선이 그때서야 그녀 쪽으로 돌아갔다. 관심이 있는 이름이 나왔다.

"마상구?"

진미화는 정이산이 반응을 보인 것만으로도 좋아서 열심히 정보를 제공했다.

"네. 무시무시한 대마두인데, 그놈이 나타난 후로 무림맹이 이쪽 지역에서 한 발 빼고 있어요. 나쁜 놈들. 그동안 우리 돈을 얼마나 많이 받아먹었는데. 이제 와서 나 몰라라 해요."

"그리고?"

정이산은 마상구의 이야기가 더 듣고 싶었다. 기왕이면 그가 얼마나 강한지 구체적인 정보를 알고 싶었다.

진미화는 그때서야 뭔가 이상한 느낌이 들었다.

'무관심해 보이던 사람이 왜 마상구 이야기가 나오고부터

이렇게 물어보는 거지?'

걱정이 되었다.

'혹시 마상구를 두려워하는 건 아닐까?'

그럴 수 있다고 생각했다.

진미화가 바짝 긴장하며 물었다.

"혹시……. 마상구가 얼마나 강한 대마두인지 알고 싶으세요?"

"아니."

구경하던 나꽃녀가 속으로 한숨을 쉬었다.

'또 그러시네.'

진미화는 정이산의 말을 믿었다.

'하긴. 이 근처에 사는 사람치고 마상구에 대한 소문을 못 들어본 사람이 누가 있겠어?'

정이산은 이 근처에 사는 사람이 아니다. 진미화는 그걸 몰랐다.

어차피 진미화도 마상구를 건드리려고 정이산을 찾은 게 아니다. 그런 일은 꿈도 꾸지 않았다.

"제가 공자님을 찾은 건, 도움을 청하기 위해서예요. 우리가 무사들을 모아 금성파를 치면 싸움이 커져요. 그러니까 공자님이 개인적인 자격으로 금성파를 손 좀 봐주세요. 우리를 다시 우습게보지 못하게요."

"싫다."

진미화가 배시시 웃었다. 이 도시에서 유명한 미녀답게, 보조개가 작은 꽃처럼 예뻤다. 어지간한 남자는 그녀의 미소 한 방에 넘어오고는 했다.

물론 정이산에게는 통하지 않았다.

진미화도 미소 하나로 될 거라고는 생각하지 않았다. 미소에 더해서 돈을 제안했다.

"아, 물론 그냥 도와달라는 건 아니에요. 만족하실 만한 액수의 보상금을 생각하고 있어요."

진양상단을 다 팔아도 그런 큰돈을 만들어낼 수 있을 리가 없다. 진미화가 생각한 액수는 정이산에게는 참 보잘 것 없었다.

"백 냥을 생각하고 있어요."

'싸게 하면 백 냥. 이 남자가 튕기면 최대 삼백 냥까지는 쓸 수 있지.'

정이산은 대답도 하지 않았다.

그 냉랭한 태도에 진미화는 당황했다. 정이산과 대화하기만 하면 당황하는 일이 많았다.

"저, 저기……. 이건 우리 상단만을 위해서만 하는 일이 아니에요. 공자님을 위한 일이기도 해요."

정이산의 눈치를 보다가 반응이 없자 설명했다.

"공자님이 금성파 무사들을 때려잡으셨잖아요. 그냥 놔두면 금성파가 보복하려고 들 거예요. 그러니까 공자님이 먼저 적을 치시는 게 좋아요. 돈도 벌고, 후환도 없애고. 일석이조죠."

여전히 반응이 시큰둥했다. 그가 듣고 싶은 건 마상구에 대한 이야기다. 그런데 진미화는 자꾸 듣도 보도 못하던 잡사파 이야기만 한다.

"마상구는?"

진미화는 아차 싶었다.

'역시 대마두 마상구를 두려워하는구나. 그래서 일을 안 맡는다는 거였어.'

그녀가 억지로 웃음을 지으며 별것 아니라는 듯이 이야기했다.

"마상구는 걱정하지 마세요. 그 대마두는 마교 소속이에요. 사파가 마교를 등에 업고 있다고는 하지만, 금성파가 완전히 망하지 않는 이상 그 거물이 움직일 리 없어요."

진미화가 정이산을 꼬드기기 위해서 돈을 강조했다.

"다시 말씀드리지만 이건 공자님의 은혜에 보답하기 위해서, 쉬운 일을 드리는 거예요. 공자님의 능력이면 어렵지 않게 백 냥의 돈을 벌 수 있어요. 아니, 이백 냥을 드릴게요."

정이산이 입맛을 살짝 다셨다.

진미화의 눈이 번쩍 떠졌다.

'통한다! 역시 돈이 부족해서였어. 이제 이 고수를 데려다가 금성파를 무찌르고, 기회가 되면 다른 방해되는 놈들도 처

리하고, 그렇게 시간이 흐르다 보면……. 생긴 것도 이만하면 꽤 괜찮으니까…….'

진미화가 상상의 나래를 펼치느라 너무 먼 곳까지 갔다. 그게 나꽃녀에게 끼어들 틈을 주었다.

"공자님. 마교라면, 지난번에 그것들 아녜요?"

'마교' 라는 말에 진미화의 멀리 날아간 정신이 단번에 돌아왔다. 그녀가 바짝 긴장하며 물었다.

"그것들이라니요?"

"마교 놈들 몇이 우리 마차를 훔쳐가려고 해서요. 공자님이 때려주셨거든요."

진미화가 말을 살짝 더듬었다.

"마, 마교 무사를……. 때렸어요?"

"누구더라? 이름이 무슨 마……. 마……. 아! 마동팔인가 하는 놈이 자기 부하들 일을 복수하겠다고 찾아와서, 우리 공자님이 또 때려주셨어요."

진미화의 얼굴에서 핏기가 싹 사라졌다.

"마, 마, 마동팔을……."

"두고 보자고, 더 센 놈 데려온다고 했는데……."

진미화의 다리가 바들바들 떨렸다. 그녀가 버티지 못하고 바닥에 풀썩 쓰러졌다.

'마동팔이 데려온다고 했으면, 틀림없이 마상구야. 둘은 친척이니까……. 대마두 마상구가 여기를 온다고? 이 남자를 죽

이러 온다고? 지금까지 나는 시체랑 대화한 거야?'

마부가 다가와 진미화를 부축했다. 마부의 몸도 바들바들 떨리고 있었다.

진미화가 마부의 도움으로 겨우 일어났다.

"제, 제 이야기는 못 들은 걸로 해주세요. 우, 우리 이제 아는 사이도 아닌 거예요. 전혀 모르는 사이예요. 알았죠?"

그렇게 일방적으로 말해 놓고는, 자기 마차로 도망쳤다. 마차 안으로 들어가자마자 뾰족한 목소리로 외쳤다.

"뭐해욧! 어서 저 재앙으로부터 도망쳐욧!"

마부가 채찍으로 말을 마구 때렸다. 마차가 과속으로 사라진 후에, 나꽃녀가 불평했다.

"은혜에 대한 보답이니 뭐니, 말만 잔뜩 하더니, 결국 도망쳤네요. 교주님. 저 여자 좀 이상해요."

정이산은 진미화에게는 신경도 쓰지 않았다. 그의 관심은 이미 다른 쪽에 있다. 입맛을 다셨다.

"가자."

"네."

# 第四章

대부분의 사파가 그렇듯이, 금성파도 역사가 짧다.

돈을 위해 남을 찌르는 칼은, 자기 동료라 해도 돈만 주면 찌를 수 있다. 그러다보니 십 년을 넘기지 못하고 내분으로 무너지는 사파가 수두룩하다.

사파는 그렇게 쉽게 무너지지만, 전통이 필요 없어서 또 쉽게 만들어진다.

금성파의 역사는 불과 오 년이다. 초반에는 그 세력을 크게 키우지 못했다. 이 지역은 전통적으로 무림맹의 입김이 강했다.

하지만 대마두 마상구의 등장으로 상황이 변했다. 그의 등장 이후로 무림맹의 이 지역에 대한 영향력이 빠르게 줄어들었다.

햇볕이 들지 않는 눅눅한 방구석에는 곰팡이가 쉽게 핀다. 금성파는 기회를 놓치지 않았다. 무림맹이 영향력을 포기한 곳들을 잡아먹으며 세력을 키웠다.

사파는 원래 흩어지기 쉬운 만큼 모이기도 쉽다. 온갖 강도나 도둑, 인간 매매꾼 등이 돈을 보고 금성파에 모여들었다.

금성파 문주 금창진이 뒷짐을 지고 서서 아래를 내려다보며 말했다.

"그래서 돈을 내지 못하겠다?"

진양은 사람이 사는 도시다. 사람이 많이 모여 살면 당연히 상거래가 일어나며, 도시쯤 되면 항상 물건을 사고 팔 수 있는 시장이 만들어진다.

그의 앞에는 시장의 상인 십여 명이 강제로 무릎을 꿇려 있었다.

상인 중 대표 격인 남자가 사정했다.

"우리는 이미 마교에 세금을 내고, 무림맹에도 내고 있습니다. 그런데 금성파에서까지 세금을 또 내라고 하시면, 우리는 다 굶어 죽습니다. 그렇지 않아도 요즘은 장사가 안 되서 애들 먹일 쌀도 간당간당합니다."

금창진이 코웃음을 쳤다.

“애들에게 비싼 쌀을 먹이니까 간당간당하지. 애들인데 그냥 조나 수수 같은 걸 먹이고 돈을 아껴서 세금을 내라.”

“애들이 배고프다고 우는데 어떻게 그러겠습니까?”

“그럼 너희 시장 가게들의 물품 공급 독점권을 금성상단에게 주든가. 그럼 내 그냥 돌아가지.”

상인의 얼굴이 핼쑥해졌다.

“지금도 장사가 안 되는데, 금성상단처럼 값만 비싸고 질이 나쁜 물건만 가져다 팔면……. 우린 다 망합니다.”

금창진이 마치 훈계하듯 말했다.

“세금도 못 내겠다. 독점권도 못 주겠다. 네놈들은 못한다는 말만 할 줄 아는구나.”

금성파 부문주 성기곤이 금창진 곁에서 말했다.

“형님. 이게 다 형님이 사람이 너무 좋으셔서입니다. 좋게 말로 하시니까 이것들이 기어오르잖습니까?”

금성파는 오 년 전에 금창진의 강도단과 성기곤의 건달패가 합쳐져 만들어졌다. 더 강한 세력을 가진 금창진이 문주를 맡고 성기곤이 부문주를 맡았다.

금창진이 작은 한숨을 쉬었다.

“후우. 그래. 내가 너무 만만하게 보인 게야.”

성기곤이 단단한 박달나무 몽둥이를 들고 앞으로 나갔다.

“이런 놈들은 조금만 때리면 돈을 내놓습니다. 자고로 북어와 사람은 패야 맛이라잖습니까? 이렇게!”

성기곤이 몽둥이로 상인들을 인정사정 보지 않고 때렸다.

"으악!"

당장 살이 터져 피가 튀었다.

"이 새끼들! 우리가 너희들을 괴롭히지 않는 값을 내놓으란 말이다."

"돈이 없……. 컥!"

"예전처럼 확 쑤셔 버리고 빼앗는 게 더 좋다는 거야? 우리가 이렇게 좋게 말로 해주시는 게 얼마나 고마운지 몰라?"

다른 상인들은 구경만 할뿐 도와주지 못했다.

금창진과 성기곤은 금성파의 무사들을 모조리 데리고 왔다.

그 중에는 무사라고 하기도 어려운 사기꾼에 도둑놈 등이 많았지만, 그래도 무려 백여 명에 달하는 사람이 칼을 찬 채 기세등등하게 노려보았다. 상인들은 감히 저항하지 못했다.

금창진이, 상인들을 패는 성기곤을 보며 한마디 툭 던졌다.

"아우님. 그렇게 함부로 패면 여러 사람 다치잖아. 우리가 그렇게 나쁜 사람들은 아니니까, 그냥 한 명만 고르게."

성기곤이 이마에까지 튄 핏방울을 닦았다.

"역시 그게 낫겠지요? 저도 손이 조금 아프던 참입니다."

"이런 은혜를 모르는 놈들 때문에 아우님 손까지 아프게 하면 안 되지. 그냥 깔끔하게 목을 베게."

"형님께서 이 아우를 그렇게까지 생각해 주시니, 제가 어찌 형님의 말씀을 거스르겠습니까?"

성기곤이 피 묻은 몽둥이를 바닥에 던져 버렸다. 대신 칼을 뽑았다. 사람의 피를 여러 번 먹어 귀기를 품기 시작한 칼날이 서늘한 빛을 뿌렸다.

"형님. 어떤 새끼의 목을 벨까요?"

금창진이 손짓을 했다.

"조금 전에 기어오른 그놈 목을 베게. 그래야 다음부터 기어오르는 놈이 없지."

"알겠습니다."

성기곤이 칼을 높이 들었다.

사람들의 얼굴이 창백해졌다. 남자들은 주먹만 꽉 쥐고 부들부들 떨었다. 아이들의 눈을 가리는 어머니도 있었다.

모든 사람이 참는 건 아니다. 막 몽둥이질이 멎을 때에 도착한 나꽃녀가 그걸 보고 소리를 빽 질렀다.

"야! 너무하잖아!"

부문주 성기곤이 소리가 들린 쪽을 돌아보았다.

눈이 커졌다.

"엇! 예쁘다!"

평소의 그는 나꽃녀 같은 미녀를 보면 일단 달려들고 본다. 사람들은 그가 나타나면 일단 딸부터 숨기고 본다.

하지만 부문주 성기곤은 나꽃녀에게 달려들지 않았다.

나꽃녀는 등에 천마교주 정이산의 칼을 메고 다닌다. 그 칼을 보고 몸조심을 했다.

'무공을 좀 하니까 이런 상황에서도 겁먹지 않고 소리를 질렀겠지.'

별로 큰 걱정은 하지 않았다. 그는 혼자서 나꽃녀를 상대할 생각은 없다. 여기는 부하들이 백여 명이나 있다.

나꽃녀가 시장 사람들에게도 항의를 했다.

"당신들도 너무해요. 어떻게 사람을 죽인다는데 구경만 해요?"

목이 잘릴 뻔한 남자가, 사람들을 위해 대신 변명해 주었다.

"아가씨. 어쩔 수 없습니다. 날 도와주려고 하면, 같이 죽이니까. 금성파는 사람을 죽일 때 숫자에 한계를 두지 않습니다. 저항하는 사람은 다 죽입니다."

나꽃녀가 소리를 질렀다.

"뭐 그런 쌍놈들이 다 있어요!"

부문주 성기곤만 나꽃녀에게 관심을 보인 게 아니다. 문주 금창진은 아예 혀로 입술을 핥으며 나꽃녀의 얼굴과 몸에서 눈을 떼지 못했다.

금창진이 명령했다.

"저년을 산 채로 잡아오는 자에게 열 냥을 내리겠다."

문주 금창진도 부문주 성기곤과 비슷한 인간이다. 나꽃녀가 칼을 등에 메고 뭔가 있어 보이는 것처럼 굴지 않았다면, 둘이 앞을 다투어 달려들고도 남았다.

문주의 명령이 떨어졌다.

금성파 무사들도 자기 목숨이 귀한 줄은 안다. 나꽃녀를 쉽게 보지 않았다. 칼을 들고 그녀를 서서히 포위했다.

부문주 성기곤이 항의했다.

"형님. 제가 먼저 찜한 여자입니다."

금창진은 느긋했다.

"아우님. 이 형에게 양보하게. 나도 보자마자 찍었으니까."

"제가 여자 다섯을 잡아다 형님에게 바치겠습니다. 그러니 넘겨주시지요."

"내가 여자 열을 잡아다 아우님에게 주겠네. 모두 예쁜 처녀로. 그러니 손을 떼게."

둘이 나꽃녀를 두고 신경전을 벌였다.

어쨌든 문주는 금창진이고 성기곤은 부문주다. 성기곤의 세력이 금창진보다 강했으면 그가 문주를 했겠지만, 현실은 칠 대 삼으로 금창진의 세력이 더 강하다.

성기곤이 나꽃녀를 보았다.

'얼굴만 해도 저렇게 예쁜데. 거기다 왕가슴에 개미허리. 저런 완벽한 미녀는 난생처음 본다. 지금 차지하지 못하면 다시는 못 구해.'

화가 났다. 금창진보다 세력이 약해서 나꽃녀를 차지하지 못하는 게 화났다.

'금창진. 조만간 네놈을 죽여 버리고 금성파를 내 수중에 넣겠다. 저 미녀는 그때 돌려받지.'

화를 풀기 위해, 무릎 꿇려진 상인에게 칼을 휘둘렀다.

"에이!"

칼날이 정확히 상인의 목을 향해 날아갔다.

다음 순간, 어둠이 성기곤의 시야에 가득 들어왔다.

'무슨?'

판단을 내리기도 전에, 정이산이 발바닥으로 성기곤의 얼굴을 밟듯이 걷어찼다.

"케엑!"

성기곤이 뒤로 날아갔다. 몸뚱이가 바닥에 두 번이나 튀고서야 정지했다.

나꽃녀를 노리던 금성파 무사들이 전부 정이산을 돌아보았다.

"헉! 어느새!"

즉시 칼날이 정이산 쪽으로 돌아갔다.

금성문주 금창진이 인상을 잔뜩 찌푸렸다.

"네놈은 뭐냐?"

정이산이야 대답할 가치도 못 느꼈다.

대답은 나꽃녀에게서 나왔다.

"공자님! 그분이 위험에 빠진 걸 보고 구해 주신 거군요?"

시장 사람들이 그 말에 환성을 질렀다.

"와아!"

악당에게서 자신들을 도와주는 사람을 본 게 얼마만인지 기억도 나지 않았다. 그런 사람이 나타났다는 것이 그들에게 위안을 주었다.

정이산이 대답했다.

"아니."

사람들의 환성소리가 너무 커서, 그의 대답소리가 묻혔다.

부문주 성기곤은 아직도 쓰러진 채 꿈틀거리지조차 못했다.

문주 금창진은 기분이 상했다. 정이산의 실력이 상당한 건 알아보았지만, 그는 자기 부하들의 수를 믿었다.

"천둥벌거숭이 같은 놈이 감히 나에게 개겨? 내 부하 하나가 당했으니 열 놈을 죽이겠다. 마을 놈들은 바로 네가 나서서 죽는 거다. 너 때문에 죽는단 말이다!"

그가 이런 식으로 말하는 건 성기곤을 위해서가 아니다.

'기어오르는 놈을 놔두면 수금에 차질이 생기니까, 확실히 처리해야겠어.'

다른 이유도 있었다.

'내 여자가 공자라고 부르다니. 옛 애인은 확실히 정리를 해줘야 미련이 남지 않겠지.'

그 선언에 시장 사람들이 겁을 먹고 움츠러들었다.

금창진이 열 명을 죽인다고 하면 정말 열 명을 죽인다. 더 죽였으면 더 죽였지 덜 죽이지는 않는다. 다른 약속은 안 지켜도 사람 죽인다는 약속은 반드시 지킨다.

그게 권력 유지에 도움이 된다고 생각해서다.

사람들은 이미 그런 일이 일어나는 걸 몇 번이나 보았다.

시장 사람 중에 정이산에게 항의하는 인간이 나왔다.

"이게 다 저 사람 때문이다! 왜 남의 일에 끼어들어! 한 명만 죽고 끝날 수 있었잖아!"

모두 그러는 건 아니다. 꽤 많은 사람들은 정이산의 도움을 순수하게 고마워했다. 그래서 걱정이 들었다.

'한 수 있는 것 같기는 하지만…….'

'그래봐야 혼자인데…….'

나꽃녀까지 쳐줘도 둘이다.

시장 사람들의 판단으로는, 겨우 둘이서 그들에게는 공포의 대상인 금성파를 이길 것 같지는 않았다.

어떤 사람들은 정이산에게 손짓을 하며 작게 말했다.

"어서 도망쳐요. 그냥 있으면 죽어요."

나꽃녀를 걱정해 주는 사람도 있었다.

"저 아가씨도 안 됐어. 금성파에 끌려가면 험한 꼴 당할 거야."

"당연히 그러겠지. 얼굴만 반반해도 끌려가는데 저런 미녀라면……. 쯧쯧."

"기회 있을 때 도망쳐야 하는데."

금창진이 시장 사람들이 들으라고 일부러 큰 소리로 부하들에게 명령했다.

"일단 저 새끼를 죽여! 지금 무릎 꿇고 있는 것들도 다 죽여! 그래서 다시는 기어오르는 놈이 없게 만들어!"

부하들에게만 명령하는 게 아니다.

"이 시장의 버러지들아. 똑똑히 들어라. 너희들의 세금은 앞으로 두 배로 올……."

정이산이 금창진의 코앞에 나타났다.

금창진은 정이산이 걸어오는 걸 보았다. 하지만 너무 편안한 자세로 걸어와서 미처 대처하지 못했다. 걸어오는 것처럼 보였는데 순식간에 코앞에 도착했다.

당황해서 엄한 소리만 냈다.

"어? 어?"

정이산이 말했다.

"살려두면 너희 목숨 개수보다 많은 사람을 죽이겠구나."

금창진은 아직도 상황을 읽지 못했다. 사실 상황을 읽었어도 이미 늦었다.

자기가 어떤 상황인지 모르니, 평소의 성질만 튀어나왔다. 그가 부하들 앞에서 기가 죽지 않기 위해 외쳤다.

"이 새끼야! 이미 우리 숫자보다 많이 죽였어! 이제 너도 죽일 거다!"

"너의 재주는 참으로 하찮으나, 네가 가진 악(惡)은 하찮지 않구나. 너는 이미 인간이 아니니, 네가 죽는다 한들 울어줄 사람은 없겠구나."

금창진은 자기 오른손이 떨리는 걸 발견했다.

'쪽팔리게.'

떨리는 손을 잡으려고 하다가 왼손도 마찬가지라는 걸 보았다.

곧, 떠는 건 손이 아니라 몸 전체라는 걸 깨달았다.

그때서야 자기가 공포에 질려 있다는 걸 깨달았다. 정이산의 잔잔한 목소리를 듣고 있다 보니 자기가 죽을지도 모른다는 생각이 들었다.

동시에, 나이도 젊어 보이고 무기도 없는 정이산에게 떤다는 것이 화가 났다. 너무 화가 나서 어쩔 줄을 몰랐다.

금창진은 어릴 때부터 화를 참는 능력이 모자랐다. 화가 나면 언제나 난동을 부렸다.

성질과 무공 재능은 서로 별 상관이 없다. 마공 중에는 더러운 성질의 인간이 더 쉽게 익히는 것들이 많다. 그는 자기 성격에 맞는 마공을 익혔다.

무공이 높아진 후에는, 화를 더 참지 않았다. 참을 필요가 없었다. 그를 화나게 하는 사람은 죽이거나 최소한 피칠갑이 될 때까지 때렸다.

예외는 있었다.

마교의 고위층쯤 되는 사람을 만나면 눈앞에서는 참는다. 마교의 마두들 중에도 금창진과 같은 성질 더러운 인간이 많아서, 그 앞에서 안 참으면 죽기 때문이다.

하지만 정이산처럼, 배경이 뭐가 있는지도 모르는 상대 앞에서는 화를 제대로 참지 못했다. 목숨이 걸려 있는 일이지만, 목숨을 구걸할 이성보다, 더러운 성질이 먼저 반응했다.

금창진이 부하들에게 외쳤다.

"이 새끼부터 죽여! 백 냥 준다!"

현상금까지 걸었음에도 불구하고, 정이산을 공격하는 부하는 십여 명밖에 없었다.

그걸 보자 더 화가 났다.

"이야아!"

소리를 지르며, 칼을 뽑았다. 칼을 힘차게 휘둘러 정이산의 목을 베려고 했다.

정이산이 손을 슥 내밀었다. 가볍지만 빨랐다. 손끝이 금창진의 턱을 툭 쳤다. 손짓이 금창진의 칼보다 한 발 빨랐다.

금창진의 고개가 홱 돌아갔다. 얼굴이 등 뒤로 돌아갔다. 목뼈가 부러졌다.

즉사였다.

칼날이 목표를 잃고 허공을 긋더니 바닥에 툭 떨어졌다. 뒤따라 금창진의 시체가 무너졌다.

무사들은 당황했다.

"무, 문주가 어떻게……."

금창진은 고수다. 그런데 너무 쉽게 죽었다.

백 냥이란 소리에 정이산만 보고 칼을 휘두르며 달려드느라 상황 파악을 못한 무사가 열 명 있었다.

정이산이 스윽 돌아섰다.

얼마 전에 마교의 전투부대를 전멸시킬 때와는 상황이 다르다. 적이 사방에 있다. 방향은 별 문제가 안 되지만, 그 뒤에 시장 사람들이 잔뜩 모여 있다. 금성파 무사의 무공 수준도 마교에 비하면 하찮다.

적어도 백팔수라마공을 펼치기에는 적당하지 않다.

상관없었다. 백팔수라마공을 쓸 가치조차 없다. 그뿐이다.

정이산이 자기에게 칼을 휘두르며 달려드는 무사들을 향해 천천히 걸음을 옮겼다. 스쳐 지나가며, 자신을 죽이려는 적을 한 번씩 툭툭 쳐주었다.

금성파 무사들이 목이 부러지고 심장이 터지며 죽어 나자빠졌다. 그를 죽이려던 십여 명이 순식간에 시체로 변했다.

너무 빨랐다. 도망칠 틈도 없었다.

나머지 구십여 명의 무사들이 아무리 바보라도, 이제는 깨달을 때가 되었다.

그들의 턱이 딱딱 소리를 내며 떨렸다.

"으, 으아……."

"어, 엄청난 고수……."

정이산은 계속 움직였다. 일단 손을 쓰기 시작하자 가차 없었다. 무사들은 판단을 내리기도 전에, 그의 손끝에 닿았다.

닿는 즉시 죽어 나자빠졌다.

"사람 살려!"

"도망쳐라!"

무사들의 눈에는 정이산이 천천히 걸으며 가볍게 손짓하는 것처럼 보였다. 보이기는 가벼운데, 결과는 무겁다. 정이산의 주변에서 무사들이 나자빠졌다. 너무 자연스럽고 빨라서, 도망칠 생각도 못하고 죽은 자가 많았다.

나꽃녀는 사람들이 죽는 장면에서 눈을 질끈 감았다. 산 닭 한 마리도 못 잡는 그녀에게 이런 장면은 보기 힘들다.

눈을 감은 그 짧은 시간에 그녀의 머릿속에 현실적인 문제가 떠올랐다.

'우리는 여기를 곧 떠날 거잖아. 저것들이 돌아와서 사람들에게 보복을 하면 어쩌지?'

해야 할 일이 생겼다. 억지로 눈을 뜨고, 도망치는 무사들을 향해 소리를 질렀다.

"다시 이 도시에 나타났다가 공자님 눈에 뜨이면 다 죽을 거야! 우리 공자님은 악을 미워하는 분이시라고!"

협박으로 충분했다. 도망치는 금성파의 무사들 중에 다시 진양 시로 돌아올 생각을 하는 자는 단 하나도 없었다.

나꽃녀가 눈을 겨우 뜬 채 정이산을 보았다.

정이산은 도적들을 쫓지 않았다. 이제 그가 쫓을 가치조차 없다.

이미 바닥에는 금성파 무사의 절반이 죽어 나자빠졌다.

시장 사람들이 웅성거렸다.

"그, 금성파가 박살났어."

"그 짧은 시간에……."

그들에게 그 의미는 한 가지를 의미한다.

갑자기, 한 사람이 두 손을 높이 들며 외쳤다.

"만세!"

다른 사람들도 상황을 깨달았다. 그들도 손을 들었다.

"만세!"

무릎 꿇려져 있던 상인들도 일어났다.

"살았다. 우리는 살았어!"

그들이 가장 기뻐했다. 저승 문턱에서 살아왔는데 기쁘지 않을 수가 없다.

죽을 뻔했던 상인 대표가 정이산에게 다가왔다.

"고맙습니다. 요즘 같은 세상에 이런 분이 계실 줄이야. 이 은혜를 어떻게 갚아야 할지……."

정이산이 바닥의 시체들을 힐끗 보았다.

뭐라고 하기도 전에, 상인 대표가 말했다.

"저 시체들이요? 당연히 저희가 처리해야지요."

나꽃녀는 그 말을 듣고 퍼뜩 떠오르는 게 있었다.

'아, 돈……'

그녀는 마교의 무사들을 털어 열 냥의 돈을 벌었다. 덕분에 등 따시게 자고 배부르게 먹었다.

하지만, 이 시체들을 뒤지고 싶지는 않았다.

그녀가 정이산의 눈치를 보았다. 정이산이 시체를 힐끗거리는 걸 보자 불길한 느낌이 들었다.

'설마 교주님. 이 시체들의 돈을 원하시는 걸까?'

곧바로 자기 머리에 알밤을 먹였다.

'난 참 대책 없는 애야. 교주님처럼 마음이 따뜻한 분이 어떻게 그런 생각을 하시겠어? 이제야 교주님이 왜 저 시체들을 보시는지 알겠어. 죽은 놈들이 불쌍해서가 아니야.'

나꽃녀가 상인 대표에게 말했다.

"이 시체들을 뒤지면 돈이 나올 거예요."

상인은 나꽃녀가 전리품을 요구한다고 생각했다.

"아, 그럼 그 돈은 따로 잘 챙겨서 드리겠습니다."

정이산의 표정이 아주 조금 밝아졌다.

나꽃녀가 천만의 말씀이라는 듯이 손을 크게 흔들었다.

"우리는 이런 돈은 필요 없어요."

"예?"

"우리 공자님은 여러분께서 그 돈으로, 그간 입은 피해를 조금이라도 보충하기를 바라세요."

"저, 정말입니까?"

"당연히 정말이지요. 우리 공자님을 뭐로 보시는 거예요?"

상인 대표가 사과했다.

"죄송합니다. 하도 험한 놈들만 만나다 보니 제가 실례를 했습니다. 그런데 이놈들이 다 몰려왔었으니 지금쯤 소굴이 텅 비었을 텐데…….”

“거기도 털면 소득이 좀 있을 거예요. 그거로 아이들 밥이라도 해주세요. 그게 우리 공자님 뜻이에요.”

상인 대표가 혹시나 해서 정이산을 쳐다보았다.

정이산은 한 마디도 하지 않았다. 언제 밝은 표정을 지었던 적이 있냐는 듯이 무뚝뚝한 얼굴로, 시선조차 먼 산을 향했다.

상인대표는 대답이 없는 걸 허락의 의미로 받아들였다.

“정말 고맙습니다. 정말 요즘 세상이 공자님같이 훌륭한 분이 계실 줄은 몰랐습니다. 이 은혜는 잊지 않겠습니다.”

이제 돈을 나눠달라고 하기는 글렀다. 정이산은 그걸 깨달았다.

그가 걸음을 옮기며 나꽃녀에게 말했다.

“가자.”

나꽃녀가 즉시 따라붙었다.

“네.”

그러면서 생각했다.

‘교주님 목소리가 어쩐지 평소보다 더 까칠하게 들리는데……. 아, 큰 싸움을 하신 후라 피곤해서 그러신 거구나. 식당에 삼계탕이라도 한 마리 해달라고 해야겠다.’

* * *

마교의 대마두 마상구의 식탁은 진귀한 요리로 가득했다.

갓 태어난 송아지 안심을 시작으로 앵무새 꼬치구이와 신선한 바닷물고기 찜까지 귀한 요리가 식탁을 가득 채웠다.

특히 신선한 바닷물고기 찜은 이런 내륙에서는 맛보기 힘든 귀한 요리다. 생선을 여기까지 신선한 상태로 가져오려면 한빙 계열의 무공을 익힌 고수를 동원해야 한다. 그런 고수에게 생선 배달을 맡기려면 웃돈을 주어야 한다.

결국 바닷가에서는 흔한 생선찜이지만, 이곳에서 먹으려면 대단히 비싸다.

그리고 마상구는, 얻어먹을 때는 그런 귀하고 돈이 많이 들어가는 요리를 좋아했다.

이 모든 것은 마교 상주지부가 마상구의 방문을 맞아 차려준 한 끼 식사다. 마상구를 위해 잔치라도 벌일 때는 이런 귀한 음식이 엄청나게 많이 나온다.

마상구가 온간 진귀하고 비싼 음식이 가득 차려진 식탁을 잡더니 확 뒤집었다.

"이 새끼들! 관리를 어떻게 한 거야!"

마교 상주지부의 고위 간부들이 몸을 움찔거렸다.

마교의 한 지방을 모두 책임진다는 지부장은, 말 한 마디로 하늘을 나는 새도 떨어뜨린다는 권세가다.

그런 마교 상주지부장 조병환이 어색한 웃음을 지었다.

"이보게. 상구. 내 애들은 엄히 벌주겠네."

"당연히 벌줘야지요. 진양 시 일대는 내 관리 영역에 포함되고, 금성파가 우리 교에 바치는 돈 중 이 할이 내 몫인데!"

"암. 누가 그걸 모르겠나. 어떤 놈인지 자네가 잠시 여기 온 사이에 일을 저질렀나 보네."

"내가 없다는 소식을 듣고 감히 수작을 부려? 내 가만있지 않겠수다."

"어쩌게? 오랜만에 직접 나서게?"

"그동안 내가 너무 오래 가만히 있으니까, 이런 기어오르는 놈이 생기는 거 아뇨? 내 가서 이번 일에 관계된 놈은 몽땅 다 죽여 버리겠수다."

다른 사람도 아니고 대마두라고 불리는 마상구의 말이다. 사람 목숨을 우습게 아는 마교의 지부장 조병환조차 걱정이 조금 들어서 마상구의 눈치를 보았다.

"얼마나 죽이려고?"

"천 명은 넘지 않게 신경 쓰리다."

조병환의 표정이 좀 밝아졌다.

"그래. 잘 생각했네. 너무 많이 죽이면 세금 낼 놈들이 줄어들잖아. 자네 체면이 있는데 백 명 정도로 끝내는 건 너무하고, 그 정도가 적당하지."

마상구가 자기 칼을 챙겼다. 조병환이 물었다.

"왜? 벌써 가게?"

"지부장님. 마차 좀 빌립시다."

"내 마차 타고 가게. 그게 제일 좋네."

마상구가 쿵쿵거리는 발소리까지 내면서 방을 나가 버렸다.

조병환이 가만히 앉아서 발소리가 멀어지기를 기다렸다. 소리가 안 들리고도 한참을 더 기다렸다가, 화를 버럭 냈다.

"아, 상구 저 새끼. 내가 누구야? 지부장이야. 자기 상관이라고. 그런데 저 싸가지 좀 봐라."

상주지부 고위간부가 곁에서 아부를 했다.

"그러게 말입니다. 어디서 기연 좀 얻어서 무공이 높아졌다고 저 난리입니다. 저놈 저거 기연 몇 번 더 얻으면 교주님도 무시할 기세입니다."

"하늘도 참 무심하지. 예전부터 진혈이라고 위아래 없던 새끼한테 어떻게 그런 기연까지 내려주나."

"우리가 어디 하늘 덕 보고 살았습니까? 천벌을 두려워한 적은 있습니다만."

조병환이 고위간부를 째려보았다.

"농담이라고 한 거냐?"

고위간부가 즉시 머리를 숙였다.

"죄송합니다."

조병환이 엎어진 탁자를 발로 쾅 찼다.

"국 장로는 어디 갔어? 나 지부장이야. 지부장. 나 혼자 마상구 저 새끼를 상대해야겠어?"

"국 장로는 어제 마상구가 여기를 방문한 이후로 코빼기도 안 보입니다. 지부장님에게 다 떠넘기고 자리를 피한 것 같습니다. 사실, 마상구가 어디 중앙의 장로라고 해서 대접해 주는 인간입니까? 그걸 아니까 피한 거지요."

"국방건 이 새끼. 평소에는 거드름이나 잔뜩 피우다가 귀찮은 일 생기면 사라지고. 그런 인간이 중앙의 장로라니. 우리 교 참 잘 돌아간다. 잘 돌아가."

* * *

정이산과 나꽃녀는 진양에 며칠을 머물렀다.

정이산은 그 며칠 동안, 예전처럼 산책을 즐기며 놀고먹었다.

노는 사이에 수련을 하기는 하지만 몸을 크게 쓰는 것이 아니다. 주로 자신의 무공에 대한 고민과 재정의, 발전 방안 강구, 새로운 무공 창안 연구 등에 남는 시간을 썼다.

가끔 몸을 써서 고민한 결과를 확인했다. 그럴 때는 기운을 쓰지 않고 느리게 움직였다. 움직임의 세세한 부분까지 확인하기 위해서였다.

그 모습이 남들에게는 그저 춤을 추는 것으로만 보였다. 보통 사람에게는 그 춤의 의미를 알아볼 눈이 없다.

나꽃녀는 참 뻔질나게도 돌아다녔다.

그녀는 일단 정이산이 산책할 때마다 따라다녔다. 어디로 가면 좋은 산책 장소가 있는지 사람들에게 물으러 다녔다. 여기저기서 맛있다고 소문난 음식을 사와서 정이산과 나눠먹기도 했다. 하루하루가 즐거웠다.

나꽃녀가 노래를 흥얼거리며 시장으로 걸어갔다.

"오늘 간식은 꼬치구이. 맛있는 꼬치구이. 매콤한 꼬치구이. 둘이 먹다가 교주님만 죽어도 모르는 꼬치구……."

그녀가 걸음을 멈추었다. 시장 분위기가 평소와 달랐다.

* * *

마교의 대마두 마상구가 시장 사람들 사이를 돌아다니며 시비를 걸었다.

"너도 그 건방진 똥 덩어리가 설칠 때 여기 있었냐?"

상인이 마상구의 악명에 겁을 먹고 덜덜 떨었다.

"아, 아닙니다. 저는 그때 배달을 나가서 없……."

마상구가 솥뚜껑만 한 주먹으로 상인의 얼굴을 쾅 쳤다.

"있었잖아!"

"으악!"

상인이 얼굴을 감싸며 뒤로 넘어갔다. 자기가 팔던 물건들 위로 쓰러졌다.

코가 부러져 코피가 줄줄 흘렀다.

상인들은 도망치지도 못했다. 마교의 무사 오십여 명이 시장의 길 곳곳을 막고 그들을 감시했다. 들어오는 사람은 막지 않았지만 아무도 나가지 못하게 했다.

어차피 그 꼴을 보고도 시장에 들어오는 사람은 없었다.

마상구가 상인들에게 소리를 질렀다.

"내가 누군지 알아? 그 유명한 마상구가 바로 나야! 감히 나를 무시한 새끼들은 다 죽인다! 바로 너희들 말이다!"

* * *

정이산은 여관의 의자에 앉아 햇볕을 즐겼다. 흘러가는 구름을 멍하니 바라보았다.

"하늘은 어디나 똑같군."

구름이 흘러가는 모양을 보며 간단한 무공을 구상해 보았다. 구름이 흐르듯 변하며 적을 혼란시키는 공격법이 떠올랐다.

"나쁘지 않아."

조금 더 생각하자 거기에 빈틈 여러 개가 드러났다.

"모자라."

시선을 아래로 내렸다. 나무에서 떨어지는 나뭇잎을 보며 새 무공을 떠올렸다.

이번에도 효과적인 공격법과 빈틈을 동시에 찾아냈다.

이게 문제였다. 새로운 무공을 구상하는 건 쉬웠다. 다만, 그의 수준이 너무 높아, 거기서 단번에 결점을 찾아냈다.

결국 무공을 만들어 봐야 양에 차지 않았다.

그때, 나꽃녀가 달려왔다.

"공자님. 공자님. 큰일 났어요."

정이산이 시선을 슬쩍 돌렸다.

나꽃녀가 숨을 헐떡이며 말했다.

"하악. 하악. 시장에. 하악. 하악. 나타났어요. 하악. 하악."

숨만 학학대느라 다음 말을 하지 못했다.

정이산은 대답이 궁금했다. 나꽃녀의 등을 두드려주려다가 그만두었다.

'외부의 기운은 통하지 않지.'

정이산은 기운을 불어넣어 그녀를 진정시킬 능력이 있다. 사람 몇 쯤 터트려 죽일 만큼 강한 기운을 쓰면 된다.

그런 강력한 기운을 쏟아 부었다가 만에 하나라도 잘못되면 나꽃녀의 몸에 탈만 난다. 겨우 가쁜 숨이나 진정시키려고 그런 일을 할 생각은 없다.

혼자 숨만 헐떡이던 나꽃녀가, 겨우 진정하고 고개를 들었다.

"대마두 마상구가 시장에 나타났어요. 지금 사람들에게 행패질이에요."

마상구는 정이산이 며칠이나 기다리던 자다.

그가 자리에서 일어났다.

"가자."

나꽃녀는 불안했다.

"저기. 공자님. 마상구 그거 무섭다던데……."

정이산은 그녀를 기다리지 않고 시장으로 걸어갔다. 나꽃녀가 얼른 그의 곁에 달라붙었다.

불안한 마음에, 정이산에게 조언을 한답시고 떠들었다.

"마상구를 상대하다가 정 안 되겠다 싶으시면 공자님이 누구신지 떡 하고 밝히시는 건 어떠세요? 그럼 아무리 마상구라도 설마 죽이지는 않을 거잖아요."

# 第五章

마상구가 사람들을 때리며 시장을 돌아다녔다.

시장 사람들 입장에서 마상구는 저항해 봐야 소용없는 절대 강자이다. 그들은 좌절했다.

'대마두 마상구가 직접 나타나다니…….'

'무림맹조차 손대지 못하고 피한다는 대마두인데, 누가 우리를 도와줄 수 있을까?'

'마상구는 죽인다고 하면 정말 죽이는 자야. 우린 이제 다 죽었어. 희망이 없어.'

어떤 사람은 넋이 나가 바닥에 주저앉았다. 흐느끼는 사람도 있었다. 어머니는 아이를 품에 안았다. 도망칠 길을 찾아

주변을 살피는 사람도 있었다.

'방법이 없다.'

'희망이 없다.'

한 사람이 힘없이 말했다.

"우린, 버림받았어."

다들 그렇게 생각했다.

모두가 절망할 때, 정이산이 나타났다.

길 한쪽을 막고 있던 마교 무사들이 좌우로 나자빠졌다.

"으헉!"

정이산이 그들 사이를 지나 걸어왔다. 나꽃녀가 등에 지고 다니던 칼을 가슴에 품은 채 곁을 따라왔다. 정이산이 언제든지 뽑을 수 있는 위치였다.

마상구가 돌아섰다.

"미녀에 젊은 남자놈이라……."

들은 이야기가 있었다.

"네놈이었냐? 감히 금성파를 처리했다는 게?"

정이산은 대답하지 않았다. 가만히 서서 마상구를 물끄러미 쳐다보기만 했다.

마상구가 비웃었다.

"난 또 좀 쓸 만한 놈인가 했더니, 얼어서 말도 못하는 잡놈이군. 그 하찮은 실력으로 이 인간들을 구하려고 나타난 거냐?"

시장 사람들이 놀라 정이산을 보았다.

"정말 우리를 구하려고……."

"지난번에도 구해 주셨는데……."

마상구의 비웃음이 커졌다. 대놓고 한쪽 입꼬리를 올리며 비꼬았다.

"주제를 모르는 놈. 너의 알량한 재주로는 아무도 구할 수 없다. 넌 나와 싸우면 반드시 진다."

시장을 막고 있던 마교의 무사들이 빠르게 움직였다. 오십여 명 전부가 마상구 뒤쪽으로 가서 늘어섰다.

시장 사람들은 반대로 밀려났다. 다들 정이산의 뒤에 서서 주먹을 꽉 쥐었다.

사람들이 정이산에게 말했다.

"길을 열어주셔서 고맙습니다. 같이 도망치시죠. 사방으로 흩어지면 어떻게 일부는 살 수 있을 겁니다.

"오신 건 고맙지만 상대가 안 됩니다."

"저자가 바로 마상구입니다. 그 유명한 대마두 마상구입니다."

정이산이 그때서야 반응을 보였다.

"마상구."

마상구가 강하다는 소리에 싸워보려고 며칠이나 기다렸다. 드디어 만났다.

마상구가 웃음을 터트렸다.

"하하하. 이제야 내가 누구인지 알았느냐? 늦었다. 네가 구하려 하는 그들이 죽는 걸 보면서 좌절해라."

마상구가 왼손을 앞으로 획 뻗었다. 사람들을 향해서였다. 거리가 제법 떨어져 있었다.

마교 무사들이 외쳤다.

"나왔다. 시산혈해마공!"

사람들도 그 무공에 대한 소문은 들었다. 마상구가 손을 뻗은 방향의 사람들이 몸을 웅크리며 비명을 질렀다.

"으아악!"

"난 죽기 싫어!"

잠깐의 비명이 이어지더니, 잠잠해졌다.

사람들이 몸을 더듬었다.

"어? 안 죽었네?"

"사, 살았다!"

그들이 마상구 쪽으로 고개를 돌려보았다.

정이산이 마상구와 그들 사이에 서 있었다.

"아아, 공자님이 우리를 구해 주셨구나!"

"역시! 역시!"

정이산은 마상구가 쏘아낸 기운을 손으로 받아쳤다.

마상구가 사람들을 공격할 때, 정이산은 그 기운에서 이상함을 느꼈다. 손으로 직접 받아치며 기운의 특징을 확인했다. 일종의 사전 정보 수집이었다.

자기 손을 보며 인상을 살짝 찌푸렸다.

'약해.'

시장 사람들이 그 표정 변화를 보고 놀라서 아우성을 쳤다.

"공자님이 마상구의 공격을 받아내다가 손을 다치셨나 보다!"

"우리를 위해서 그렇게까지 하시다니……."

정이산은 이해가 가지 않았다.

'이렇게 약한 공격으로는, 이 거리에서는 아무도 죽일 수 없어. 뭐가 더 있는 거지?'

사람들의 공포에 질린 반응이나, 마두들의 기대에 찬 눈빛으로 보면, 이 공격 한 번에 수십 명이 죽어도 이상하지 않다. 하지만 그가 아는 상식으로는, 이런 약한 공격으로 먼 거리의 사람을 죽일 수는 없다.

정이산이 마상구를 돌아보았다.

"이게 다냐?"

정말 궁금해서 물어보았다.

무공을 모르는 나꽃녀가 정이산 쪽으로 쪼르르 다가가며 외쳤다.

"역시 우리 공자님! 대마두를 상대로 시비를 걸고 계셔. 이제 대마두는 공자님만 상대할 거예요."

사람들이 그녀의 외침을 듣고 웅성거렸다.

"아, 이제 보니 마상구가 우리를 공격하지 못하게 하려고 일부러 화를 돋우시는 거야."

"설마, 우리가 도망칠 시간을 버시려고?"

"우리를 위해서 저렇게까지 하시다니……."

마상구의 표정이 싹 변했다.

"이놈! 제법이구나!"

자신이 쏘아 보낸 기운을 받아치는 게 불가능하지 않다는 것 정도는 안다. 그가 기운을 쏘아낸 당사자인데 모를 리가 없다.

다만, 정이산이 움직인 속도에는 조금 놀랐다.

시산혈해마공은 일종의 기운 덩어리를 날리는 무공이다. 그 속도가 칼을 던지는 것보다 더 빠르다.

잘 보이지도 않는다. 너무 빠르고 보이지 않아 막아내기 어렵다.

하지만 정이산은 가볍게 막아냈다.

마상구가 조금 긴장했다.

"이놈. 어디 이것도 막아보아라!"

마상구가 양손을 동시에 뻗었다. 시산혈해마공으로 만든 기운의 덩어리가 좌우 두 곳으로 날아갔다.

두 개 사이의 거리가, 한 사람의 양팔보다 멀리 벌어졌다.

마상구는 확신했다.

'두 개 중 하나는 못 막겠지!'

정이산이 나꽃녀의 뒷덜미를 잡더니 옆으로 휙 던졌다.

"꺄악!"

나꽃녀가 밀려나다가, 마상구가 날린 기의 덩어리 중 하나와 충돌했다.

시산혈해마공이건 뭐건, 그녀의 몸에는 아무런 영향도 끼치지 못했다. 마상구가 쏘아낸 기의 덩어리는 그녀의 몸에 닿자마자 소멸했다.

그녀는 균형을 잃지 않았다. 정이산이 그녀가 넘어지지 않도록 알아서 잘 던져서다. 그녀가 몇 걸음이나 총총거리다가 겨우 중심을 잡고 섰다.

"고, 공자님! 왜 저를……."

정이산은 다른 쪽 공격을 쳐내고 마상구를 쳐다보았다.

시장 사람들이 웅성거렸다.

"공자님이 우리를 구하기 위해서 애인까지 희생을……."

"애인이 아니라 식순이일지도 몰라. 함부로 던지셨잖아."

"아무리 식순이라고 해도 우리를 위해서……."

그 소리가 나꽃녀의 귀에 들렸다.

나꽃녀가 그때서야 자기 나름대로 상황을 이해했다.

"아, 공자님은 사람들을 구하기 위해서 나를 이쪽으로 보내신 거구나."

어쩐지 조금 서운했지만 납득했다.

"나야 튼튼하니까. 몸이 조금도 안 이상하고."

마상구는 당황했다.

"이, 이놈. 어디 그럼 이것도 막아 보아라. 이번에는 네 방향이다!"

마상구가 기를 잔뜩 끌어올렸다. 동시에 네 방향을 공격할 셈이었다.

정이산이 인상을 살짝 썼다.

'역시 이 기운은…….'

나꽃녀의 몸이 아무 이상 없이 막아냈다.

혹시 자기가 너무 강해서 시산혈해마공의 기운이 약하게 느껴지는 게 아닌가 하는 의심을 했다. 나꽃녀가 아무런 통증 없이 막아내는 걸 보고 그게 아니라는 걸 확인했다.

그리고 다른 쪽으로 날아온 기운을 받아내며, 시산혈해마공의 비밀을 깨달았다. 알고 싶은 걸 알았으니, 더 이상 재롱을 구경할 이유가 없다.

정이산이 마상구를 향해 움직였다. 목표가 명확했다.

빨랐다. 너무 빨라서 마상구는 이제 한가하게 사람들이나 죽일 틈이 없다.

"이!"

급한 대로 끌어올린 기운을 모조리 정이산에게 쏘아냈다.

정이산이 왼손을 가볍게 내밀었다. 네 개의 기운이 중간에서 소멸했다.

마상구가 재빨리 칼을 뽑았다.

마교 무사들은 깜짝 놀랐다.

"칼을 뽑으시다니!"

"이젠 천 명 정도 죽는 걸로는 안 끝나!"

"모두 저놈 때문이다! 저놈이 어르신을 화나게 했어!"

마을 사람들도 들은 소문은 있다. 거기에 마교 무사들의 말소리를 듣고 다시 좌절했다.

"아아, 우리는 이제 다 죽었다."

"우리 도시도 끝났어!"

"집에 있는 우리 아이들만이라도 무사했으면……."

정이산이 마상구와의 거리가 조금 떨어진 상태에서, 큰 걸음을 걸었다.

천마질풍보였다. 그것도 지난번에 펼친 것보다 높은 수준이다. 마상구가 피하기 전에 그의 코앞까지 전진했다.

깜짝 놀란 마상구가 칼을 휘둘렀다.

"죽어라!"

칼에 진심을 담았다. 칼날에서 귀곡성이 들렸다. 서린 기운이 쇠라도 자를 것 같았다.

대마두라는 명성이 부족하지 않은 일격이었다.

쇠가 아니라 부드러운 두부라 해도, 자르려면 일단 칼날을 목표물에 맞추어야 한다.

정이산이 왼손으로 마상구의 팔을 툭 쳤다. 칼날이 채 반도 날아오기 전이다.

마상구의 팔이 부러지며 바깥쪽으로 꺾였다.

"으아악!"

정이산이 오른손으로 마상구의 머리를 위에서 아래로 콱 눌러 잡았다.

마상구의 무릎이 꺾였다. 그의 머리가 정이산이 원하는 만큼 아래쪽으로 내려왔다.

사람들은 이 사태에 당황했다. 누가 봐도 정이산이 마상구를 제압한 모습이다. 그것도, 너무 쉽게, 어린아이 손목 비틀듯이 제압했다.

마교 무사들은 덜덜 떨었다.

"어, 어떻게 어르신을……."

시장 사람들도 놀라서 눈만 껌뻑거렸다.

"마상구가 졌어?"

"호, 혹시 우리……. 안 죽어도 되는 거 아닐까?"

정이산이 인상을 썼다.

"약해."

마상구가 머리를 잡힌 채 덜덜 떨었다.

바로 눈앞에 정이산의 가슴이 보였다. 주먹만 뻗으면 심장을 터트릴 수 있을 것 같았다.

하지만 감히 그렇게 하지 못했다. 손이 나가는 것보다 머리가 터지는 게 더 빠르다는 걸 깨달았다.

대마두로 유명한 마상구도, 지금까지 정이산에게 잡혔던 다른 놈들처럼 배경을 팔았다.

"나, 나를 죽이면 마교가 가만있지 않을 거다!"

정이산은 그런 소리는 무시했다. 대신에 의문을 물었다.

"뭘 썼지?"

마상구의 눈이 커졌다.

'뭘 눈치챈 거지?'

일단 판에 박힌 말을 뱉었다.

"시산혈해마공을 썼……."

정이산이 손에 힘을 조금 주었다.

마상구는 머리가 쪼개지는 것 같은 고통에 소리를 질렀다.

"으아악! 사실대로 말할 테니까 제발 목숨만……."

손힘을 도로 풀었다.

마상구가 덜덜 떨었다.

'만족시키지 못하면 내가 죽는다. 틀림없이 죽는다.'

어쩔 수 없이 진실을 조금 털어놓았다.

"마공을 펼치려면 약간의 준비가 필요……."

다 말할 필요도 없었다.

"독이군."

너무 쉽게 알아내었다.

마상구의 공포가 커졌다.

'그냥 추측일 거야. 분명히 그냥 추측…….'

정이산이 한마디 더했다.

"무형마독이겠지."

마상구의 몸이 덜덜 떨렸다. 이번에는 진짜로 턱뼈까지 덜덜거렸다.

"그, 그걸 어떻게……."

나꽃녀가 상황을 가만히 보니까 마상구는 정이산에게 상대도 되지 않는다.

그녀가 마음을 턱 놓았다. 안심하고 정이산에게 물었다.

"공자님. 무형마독이 뭐예요?"

"그런 게 있다."

대답은 시장에 물건을 사러 왔다가 이번 일에 말려든 의원에게서 튀어나왔다.

"그거 제가 옛날 책에서 읽은 적이 있습니다."

곁에 있던 상인이 의원에게 물었다.

"뭔데요?"

"사람들을 중독시켜도 발작하지 않는 독입니다. 대신에 특수한 격공장력과 스치기만 해도 독이 발작한다고 들었습니다.”

“그래도 그냥 독보다는 불편한 거 아녜요?”

“그 독의 무서운 점은, 중독되고 흔적이 남지 않는다는 겁니다. 또 일단 발작한 후에는 독이 모두 사라져 검출되지 않습니다. 그 독성이 하도 지독해서 고수라고 해도 해독하기 어렵다고도 합니다.”

의원이 설명을 하다가 고개를 갸웃거렸다.

“하지만 무형마독은 너무 귀해서 이제는 구할 수 없다고 들었는데…….”

그 정도면 설명으로 충분했다.

마상구의 뒤에 서 있던 무사들 중 하나가 의원의 말을 듣고 중얼거렸다.

“그럼 어르신이 얻었다는 기연이, 절대마공이 아니라……. 사실은 무형지독?”

마상구는 거짓말할 생각을 버렸다. 자기 목숨을 살리고자 사실을 털어놓았다.

“무형마독 한 상자와 독성을 발동시키는 비급을 우연히 얻었습니다. 요즘은 무형마독이 없어서 아무도 알아보지 못했습니다. 그래서 정파 쪽 전투부대 하나를 먼저 그 독으로 중독시키고, 간단히 죽여 버렸습니다.”

말하다 보니 자기변명도 해야 할 듯싶었다.

“사실 저는 이곳에서 조용히 살았습니다. 나쁜 짓을 생각하시는 것만큼 많이 하시는 않았습니다. 중앙에 안 올라간 것만 봐도 아시잖습니까?”

정이산이 짧게 말했다.

“가면 들키니까.”

사실이다.

이곳에서 성질을 부릴 대로 다 부리며 배부르게 사는 게, 더 높이 올라가려다가 속임수를 들키는 것보다 낫다.

그래서 마상구는 마교에서 특별한 자리는 맡지 않고 대접만 받으며 마음대로 살았다.

정이산이 물었다.

“무형마독은 얼마나 있지?”

“남은 건 별로 없습니다. 그래서 요즘은 특별한 때 아니면 잘 쓰지 않습니다.”

“한 상자의 무형마독을 다 썼으면, 그만큼 많은 사람을 죽였겠구나.”

마상구가 자기 말실수를 깨달았다.

“아니, 그게 아니라…….”

변명하기엔 늦었다. 정이산의 목소리가 넓게 퍼졌다.

“너로 인해 흘린 피가 강을 이루었겠구나. 너의 이름을 알리기 위해 죽인 사람의 수가 네가 아는 숫자로는 다 셀 수 없겠구나. 네가 먹은 음식은, 사람이로구나.”

마상구는 정이산이 왜 이런 말을 하는지 짐작했다. 이대로 가면 자기는 반드시 죽는다는 걸 깨달았다.
살고 싶은데 방법이 없다. 많은 사람을 죽였지만 정작 자기는 죽기 싫다.
그가 마지막으로 협상을 걸었다.
"나는 마교의 무사다. 내가 죽으면 마교가 너를 죽일 것이다! 그러니 살려다오. 살려주면 없던 것으로 해주겠다. 아니, 내가 위에 잘 이야기해서 부귀영화를 누리게 해주겠다! 내가 세금을 받던 영역의 절반을 너에게 넘겨주겠다."
"저들이 보았다."
시장 사람들이 이번 일을 보았다. 마상구의 부하들도 보았다.
마상구는 포기하지 않았다.
"증인 따위가 걱정되면, 다 죽여 버리면 되잖아!"
정이산이 선고를 내렸다.
"너라는 존재는, 무형마독보다 더 지독한 독이로구나."
정이산이 손에서 기운을 뿜었다. 강력한 기운이 마상구의 머리부터 몸을 관통했다.
"컥!"
대마두 마상구가 짧은 비명과 함께 쓰러졌다.
상주 지방에 악명이 자자하던 대마두가 죽었다.
정이산이 손을 옷에 닦으며 말했다.
"이리 간단히 죽었으니, 너의 죄를 다 갚지 못했겠구나. 나머지는 지옥에서 갚아라."

침묵만이 감돌았다. 구경하는 사람은 많았지만 마상구를 위해 염불조차 외는 사람은 없었다.

정이산은 마상구가 정말 강한 자이기를 바랐다. 강자와 싸운다는 생각에 조금 들뜨기까지 했었다.

직접 만나 보니, 마상구는 마두 정도로 불리는 게 적당한 사기꾼이었다.

실망했다. 기대가 큰 만큼 실망도 컸다. 씁쓸한 표정을 지었다.

"실수를 했군."

소문만 듣고 마상구를 너무 높이 평가했다. 그 실수 때문에 며칠이나 여기서 시간낭비를 했다.

시장 사람들은 그 말의 의미를 잘못 이해했다.

'사람을 죽여서, 죄책감을 갖는구나.'

상인 대표가 위로를 한답시고 앞으로 나섰다. 저번에도 정이산 덕분에 살아난 사람이다.

"마상구는 정말 지독한 악당이었습니다. 마상구 때문에 죽은 사람의 수가 엄청나다고 들었습니다. 그가 직접 죽인 사람만 천 명이 훨씬 넘습니다. 자기가 손을 쓰기 귀찮을 때는 저기 저 부하들을 시켜 죄 없는 사람들을 너무 많이 죽였습니다."

정이산이 물었다.

"그런데?"
상인 대표가 공손히 대답했다.
"그러니까, 그를 죽인 일에 죄책감을 가지지 마시라는 뜻으로 드린 말씀입니다."
정이산은 그냥 그런가보다 했다.
나꽃녀는 어이가 없어서 상인 대표를 쳐다보았다.
'누가 죄책감을 가져? 우리 교주님이?'
그럴 리 없다는 걸 잘 안다.
벌써 그녀가 본 것만 사파 두 개가 정이산의 손에 몰살했다. 거기다 더해서 해적섬의 해적들을 몰살시킨 것도 정이산 혼자 한 일이라는 걸 이제 안다.
그게 다가 아니다. 마교 전투부대 하나도 전멸시켰지만, 그녀는 그것까지는 모른다.
어쨌든, 마두 하나 죽였다고 죄책감 가질 사람이 아니라는 건 잘 안다.
그녀가 끼어들었다.
"아니, 우리 공자님은 사실……."
그녀의 말을, 마교 무사들이 끊었다.
"저놈이 어르신을 죽였다!"
"어르신은 무슨 어르신! 독으로 대마두인 것처럼 사기를 친 것뿐이잖아. 겨우 그런 사기꾼 하나 죽였다고 해서 겁먹을 거 하나도 없어!"

"맞아! 저놈이 강한 게 아니야! 마상구가 약한 거야!"

"마상구는 진혈이야! 진혈을 죽인 놈을 우리가 죽이면 교주님께서 큰 상을 내리실 거다!"

무사들은 마상구를 따라다니며 안하무인으로 살았다. 무서운 게 없이 산 시간이 길어서, 자기들이 대단한 인물이라도 된 것처럼 착각했다.

눈이 있어도 알아보지 못했다.

"으하하하! 나는 미녀를 달라고 할 거다!"

마교 무사들의 눈이 나꽃녀 쪽으로 돌아갔다.

"미녀는 여기도 있잖아. 저건 내 거야!"

"웃기지 마. 보자마자 내 첩으로 찍었다!"

나꽃녀는 마교 무사들의 눈빛이 징그러웠다. 정이산의 뒤로 숨으면서 불평했다.

"어머. 뭐 이런 쌍것들이. 예쁜 건 알아가지고."

정이산이 마교 무사들을 보았다.

"너희들이 죽인 사람이 그리 많구나."

마교 무사들이 정이산을 겁먹게 해보겠다고 호통을 쳤다.

"죽인 사람 숫자만 따지면 우리가 마상구보다 많지."

"암. 우리가 딴 모가지를 다 합치면 훨씬 많지."

"잡아다 팔아먹은 건 또 어떻고? 마상구는 그런 건 귀찮아서 안 했잖아."

"번 돈을 반만 바치면 수고했다고 칭찬하기까지 했지."

스스로에게 사형선고를 내리는 줄도 모르고 자기들의 죄를 줄줄이 털어놓았다.

나쁜 짓을 많이 했다는 건, 악당들 사이에서는 일종의 자랑이다. 도둑놈은 귀한 걸 훔쳐봤다고 자랑하고, 강도는 사람을 많이 찔러봤다고 자랑한다. 사기꾼은 자기가 얼마나 대단한 사람을 크게 속여먹었는지가 자랑이다.

마교의 무사들도 마찬가지다. 그들은 자기들의 죄를 늘어놓는 방법으로 능력을 과장했다.

정이산의 앞에서 그러는 건 명을 단축시키는 바보짓이다.

정이산이 앞으로 나아갔다.

"나머지 죄를, 너희가 갚아라."

그 사형 선고가, 마교 무사들의 심장을 자극했다. 심장에서 올라오는 잔진동이 공포 때문이라는 걸 깨닫기도 전에, 정이산의 움직임에 반응했다.

마교 무사들이 칼을 휘두르며 달려들었다.

"죽여!"

나꽃녀가 얼른 자기가 들고 있던 칼을 내밀었다. 정이산보고 뽑으라고 내민 칼이다.

'마교는 세다니까 칼을 쓰셔야…….'

정이산은 칼을 뽑지 않았다. 그럴 가치가 없다.

바닥에 쓰러진 마상구의 시체를 발로 툭 찼다. 마상구의 품에서 손바닥 안에 들어갈 정도로 작은 상자가 솟아올랐다.

속에 뭐가 들었는지는 이미 알고 있다. 솟아오르는 상자를 손끝으로 건드렸다.

상자가 폭발했다. 그 안에 든 무형마독이 먼지구름처럼 퍼져 마교 무사들을 덮쳤다.

마교 무사들이 아무리 멍청해도, 조금 전에 들은 이야기가 있는데 이게 뭔지 모를 리 없다.

"헉! 설마 이게 무형마독?"

"겁먹지 마! 무형마독은 발동시키는 무공을 알고 있어야 효과가 있……."

정이산이 손을 휙 내저었다.

마상구가 시산혈해라 이름붙인 마공을, 조금 전에 두 번이나 접촉해 보았다. 그 정도면 충분하다.

마상구가 펼친 것과 같은 성질의 기운이, 훨씬 넓고 빠르게 마교 무사들을 덮쳤다.

무사들 중에 그걸 느끼고 피할 생각을 한 사람은 몇 없었다. 그 몇 명도 결국 피하지 못했다. 공격 범위가 너무 넓었다.

약하지만, 미묘한 기운이 마교 무사들의 몸을 때렸다.

그저 주먹으로 가볍게 맞은 정도의 약한 충격이었다. 마교 무사들은 처음에는 긴장했다가 마음을 놓았다.

"뭐야. 별거 아니잖……."

기운에 의해 자극받은 체내의 무형마독이 진짜 독으로 변했다.

마졸들이, 심장과 목을 움켜쥐며 고꾸라졌다.

"으, 으아악!"

"커억!"

오십여 명의 마졸들이 쓰러져 부들부들 떨었다. 하나둘씩 목숨이 끊어졌다. 애초에 고수라고는 없고 일반 무사들뿐이다. 그들에게는 무형마독에 저항할 능력이 없다.

마상구는 무형마독을 눈치챌 만한 자는 부하로 두지 않았다. 그래서 마교에서도 눈썰미 좋거나 무공이 높은 자는 배제하고 욕심 많은 자들만 골라 부하로 삼았다.

사람들이 보기에는 정이산의 가벼운 손짓으로 마교의 마졸 오십이 전멸한 것처럼 보였다.

무슨 일이 있었는지는 이미 충분히 들었다. 소문에 밝은 사람들이 하나둘씩 놀란 입을 열었다.

"대마두 마상구의 시산혈해마공……. 그 모습 그대로야. 공격 한 번에 우수수 쓰러지다니……."

"저게 그 이야기책에나 나오는 무형마독?"

"하지만 마상구도 저렇게 간단하게 한 건 아니라고 들었는데……."

"역시 무형마독은 무섭구나. 저런 게 몸에 들어오면 죽겠지?"

"응? 몸에 들어오면?"

사람들의 표정이 싹 변했다.

"설마……."

그들은 조금 전에 마상구가 자기들을 때리며 돌아다니던 것이 생각났다.

"그게 무형마독?"

사람들이 자기 몸을 더듬었다. 느껴지지는 않았다. 그래도 무형마독을 들이마셨다는 걸 깨달았다.

"아까 마상구가 내 옆에 왔었다고!"

"나도 마찬가지야. 마상구가 사방을 돌아다녔잖아!"

"해독제는?"

"마상구가 죽어 버렸는데 무슨 해독제!"

사람들 중 하나가 정이산에게 삿대질을 했다.

"마상구를 왜 죽였어! 당신이 마상구를 죽이지만 않았어도 해독제를 구할 수 있었잖아!"

그 말에, 몇 명 더 나서 정이산을 향해 욕을 했다.

"이게 다 너 때문이다! 책임져!"

정이산의 눈썹을 살짝 찌푸렸다.

나꽃녀가 먼저 나섰다.

"아니, 이 사람들이! 마상구가 무형마독을 왜 뿌렸는데? 당신들 죽이려고 그런 거잖아! 우리 공자님이 오시지 않았으면 당신들 벌써 다 죽었어!"

대부분이 그걸 안다.

이성적인 판단을 내리는 건, 이성적인 상황에 놓인, 이성적인 인간뿐이다. 눈이 돌아간 인간에게 그런 건 기대할 수 없다.

"네년은 빠져!"

이번에는 상인 대표가 나섰다. 그는 정이산이 아니라 발작하는 시장 사람들에게 화를 냈다.

"이 사람들이! 지금 누구 때문에 살아 있는데 그딴 소리야! 공자님 덕분에 우리는 의원을 찾아가 볼 시간이라도 벌었잖아!"

"의원이 어떻게 무형마독을 치료해! 이건 다 저 새끼 때문……."

상인 대표가 욕을 하던 남자의 턱을 후려쳤다.

"닥쳐!"

상인 대표만이 아니다. 몇 명의 난동에 눈살을 찌푸리던 사람들이 나섰다.

"아가리 닥치지 않으면 무형마독보다 내 손에 먼저 죽는다."

"당장 공자님에게 사과드려!"

난동은 간단히 진압되었다.

상인 대표가 정이산에게 다가가 사과했다.

"죄송합니다. 저 녀석들이 원래 저런 놈들이 아닌데, 잠깐 눈이 돌아갔나 봅니다. 저 녀석들의 사과를 받아주십시오."

"싫다."

"예?"

정이산이 나꽃녀를 보았다.

"가자."

나꽃녀는 당황했다.

"공자님. 가는 건 가는데요. 저 사람들 어떻게 도와줄 방법 없을까요?"

천마교의 마의라도 불러오자는 뜻이었다. 그렇게 돌려 말하면서도, 정이산이 뭔가 시킨다고 화를 낼까봐 눈치를 살짝 보았다.

정이산이 짧게 말했다.

"산삼."

사람들은 무슨 소리인지 이해하지 못했다.

나꽃녀는 알아들었다.

"혹시 산삼에 무형마독을 해독하는 효과가 있는 거예요? 산삼을 먹으면 독이 사라지고 건강해지는 거예요?"

"어."

사람들의 표정이 환해졌다.

정이산은 무형마독의 존재를 밝혀내고, 자기 손으로 펼치기까지 한 사람이다. 치료법을 안다고 해서 이상할 건 없다.

"만세!"

"우린 살았어!"

"산삼이, 천 년 묵은 건 몰라도, 백 년 묵은 건 돈을 모으면 구할 수 있을 거야."

"그래도 무형마독인데 백 년 묵은 걸로 될까?"

"천 년 묵은 건 돈이 있어도 살 수 없어. 그리고 백 년 묵은 걸 구한다 하더라도 그걸 몇 명이나 먹을 수 있지?"

꽤 많은 사람들의 얼굴이 어두워졌다.

다시 항의하는 사람이 나왔다.

"돈이 없다고 죽어야 하나?"

"누구는 살고 누구는 죽어?"

"이건 불공평해!"

상인 대표가 공손한 자세로 정이산에게 물었다.

"몇 년이나 묵은 산삼이 있어야 하는지……. 얼마나 복용해야 하는지요?"

"씀바귀."

상인 대표가 놀라 입을 떡 벌렸다.

무형마독은 이야기책에 나올 정도로 무서운 독이다. 반면에 씀바귀는 나물처럼 무쳐먹기도 하는 흔한 식물이다. 결정적으로, 값이 무척 싸다.

"사, 산삼이 아니라 씀바귀로도 됩니까?"

"어."

"정말입니까? 우리를 놀리시는 것 아닙니까?"

의심받은 정이산이 눈썹을 조금 더 찌푸렸다. 상인들이 보기에는 그게 그거지만, 나꽃녀는 상태를 알아보았다.

'교주님이 화내시면 큰일 나.'

그녀가 얼른 상인 대표에게 말했다.

"우리 공자님이 씀바귀라고 하셨으니까 씀바귀 드셔보면 되지 왜 따지고 그래요? 정 못 믿겠는 사람은 산삼을 드시던가요. 아니면 다른 의원 찾아가 보시든지."

상인 대표가 자기 실수를 깨닫고 고개를 크게 가로저었다.

"아닙니다. 믿습니다. 씀바귀라. 너무 좋아서 그렇습니다. 나물로 무쳐먹으면 입맛도 돌고 좋……."

정이산이 단서를 달았다.

"어른은 씀바귀를 생으로. 한 근. 물에 씻기만 해서. 요리하거나 다른 걸 섞으면 효과 없다."

"하, 한 근이나요? 어른이 그러면 아이들은……."

"아이는 요리해서 먹어도 돼. 어른의 십분의 일."

"아, 예."

다른 걸 물었다.

"집에 삼 년 동안 묵혀둔 인삼주가 한 병 있는데, 꿩 대신 닭이라고, 산삼 대신 그거라도 먹으면……."

정이산이 말했다.

"술은 안 돼."

상인 대표는 순순히 받아들였다.

"알겠습니다. 다 나을 때까지 입도 안 대겠……."

"그 인삼주, 압수다."

"예?"

*　　*　　*

소식은 진양 제일 상단인 진양상단 상단주의 딸 진미화에게도 전해졌다.

마부의 말을 들은 진미화는 처음에는 놀라서 더듬거렸다.

"마, 마상구를 죽였어?"

"어디 마상구뿐입니까? 금성파도 반은 죽고 나머지 반은 도망쳤습니다."

"그, 그럼 금성상단은……."

"금성파가 금성상단인데 그놈들이라고 남아 있겠습니까? 죽기 싫으면 도망쳐야지요."

다른 상인이 진미화에게 말했다.

"아가씨. 그것들이 사라졌으니 이제 우리는 마음껏 장사할 수 있겠습니다. 이거 정말 행운입니……. 아가씨? 우십니까?"

진미화의 눈에서 눈물이 뚝뚝 떨어졌다.

"내가 그렇게 매정하게 말하고 왔는데, 나를 위해서 굳이 금성파까지 전멸시켜 주시다니……."

"예? 아가씨를 위해서라니요? 누가 그런 말을……."

진미화가 작은 주먹을 꼭 쥐었다.

"마차를 준비해! 당장 그분을 만나겠어!"

정이산과 나꽃녀는 진양 시 사람들의 성대한 환성을 받으며 도시를 떠났다.

진미화가 도착한 건 정이산이 떠나고도 한참 시간이 흐른 후다.

“아아, 그분을 만났어야 하는데.”

마차 떠난 뒤에 불러봐야 소용없다.

그녀는 원래 정이산과 마상구가 얽혔다는 소식을 들은 후로 집에 숨어서 꼼짝도 하지 않았었다. 마상구가 무서워서 불면증에까지 시달렸다.

이제 상황이 바뀌었다. 마상구의 실력이 대마두가 아니라 마두급이라는 게 밝혀졌다. 정이산이 마상구의 비밀을 밝혀내고, 마교의 무사들까지 전멸시켰다.

“내가 눈이 먼 년이야. 그런 대단한 분도 못 알아보는 눈으로 장사를 하겠다고 큰소리나 치다니.”

진미화가 각오를 다졌다.

“쫓아가서 붙잡을 거야.”

상상의 나래를 폈다.

‘얼굴도 괜찮았잖아. 매달리고, 애원하고, 쫓아다니면서 계속 빈틈을 보여주는 거야. 그가 올 만한 개울에서 목욕도 하고, 추운 척 달라붙어도 보고, 서러운 척 눈물도 보여야지.’

소식을 듣고 온 진양상단주가 그녀의 각오를 듣고 당장 뜯어말렸다.

"안 될 소리. 그와 얽히면 너를 호적에서 파겠다."
"예? 왜요?"
"그는 마교와 원한을 맺었다."
"마교와 사이 나쁜 사람이 어디 한둘이에요?"
"그냥 사이가 나쁜 정도라면 내 사윗감으로라도 받아들이겠다만, 진혈인 마상구를 죽였다. 그 정도면 원한이면 문제가 된다. 우리는 상단이다. 지금 세상은 무림맹과 마교의 것이다. 네가 그와 함께 있으면 마교가 우리를 괴롭힐 게다."
진미화가 항의했다.
"하지만 그분은 우리 도시를 구해 주셨어요. 괴롭힘을 받더라도 견뎌야지요!"
"단순히 괴롭힘의 문제가 아니다. 그를 따라가면 네 목숨이 위험해!"
"예?"
진양상단주가 정이산이 떠난 방향을 보았다.
"이렇게 일을 크게 벌였으니, 마교가 가만히 있을 리 없다. 그는 이제 죽은 목숨이야. 같이 있으면 너도 죽는다."
진미화는 안타까웠다. 대박을 놓쳤다고 생각했다.
'정말 애인으로 최고인데…….'
그래도, 죽는 건 싫다. 그녀 생각에도 정이산 혼자서 그 강력한 마교를 상대로 살아남을 것 같지는 않았다.
"알았어요. 아빠 말대로 할게요."

그러면서, 정이산이 떠난 방향을 멍하니 보았다.

"어쨌든, 그가 우리 도시 사람들을 구했어요. 산삼이나 씀바귀로 무형마독을 치료할 수 있다니."

"미리 알았다면, 씀바귀 사재기라도 했을 것을. 한몫 단단히 잡았을 텐데."

"그게 아빠랑 그분의 그릇 차이인 거예요."

*　　　*　　　*

돌판에 난 길 한쪽에 마차를 세워두고, 나꽃녀가 식재료로 간단한 요리를 했다.

"사람들이 싸준 것 중에 소고기는 빨리 먹어야 해요. 안 그러면 상하잖아요."

그 핑계로, 고기를 잔뜩 구웠다.

정이산이 그걸 보고 말했다.

"많군."

둘이 다 먹을 수 있을지 자신할 수 없는 양이다.

"오늘 한번 배 터져 보는 거예요."

정이산이, 압수해 온 인삼주를 꺼냈다. 한 잔 따라 마시더니 인상을 살짝 썼다.

"크으. 좋군."

독한 술이 뱃속으로 넘어갈 때 화끈한 감각을 남겼다.

술을 마시고, 나꽃녀가 부지런히 굽는 고기를 한 점 집어먹었다. 부드러운 고기가 입에서 살살 녹았다.

나꽃녀가 자기도 고기를 먹으며 물었다.

"그런데 교주님. 씀바귀가 무형마독에 효과가 좋은 건 어떻게 아셨어요?"

"몰라."

젓가락으로 고기를 집던 나꽃녀의 손이 딱 소리라도 낼 듯이 정지했다.

"모, 모른다니요?"

"어차피 오늘 중에 사라진다."

"무형마독이라는 게 놔두면 그냥 사라진다고요? 그럼 씀바귀는 안 먹어도 되는 거였어요?"

"어."

"그럼 왜 인삼을 먹으라고 하신 거예요?"

"씀바귀를 생으로 먹으면, 정말 쓰다."

나꽃녀는 그때서야 정이산이 왜 사람들에게 씀바귀를 한 근씩이나 먹으라고 했는지 깨달았다.

"어머. 교주님. 못됐……."

정이산의 눈꼬리가 살짝 올라갔다.

나꽃녀가 즉시 말을 바꾸었다.

"아니, 잘하셨어요. 은혜도 모르고 교주님께 함부로 말한 그런 사람들은 쓴맛 좀 봐야 돼요."

다른 의문이 들었다.

"그럼 산삼은요? 그것도 효과 없어요?"

"어."

"그런데 왜 산삼 이야기를 하셨어요?"

"그래야 많이 먹으니까."

* * *

진양 시에서는 씀바귀 열풍이 불었다. 사건 당시에 시장에 있었던 사람들은 모두 씀바귀를 구해다 먹느라 바빴다.

"아. 정말 쓰다. 혀가 막 뽑히는 것 같아."

"그래도 열심히 먹어. 이거 한 근이면 무형마독을 해독하는 효과가 산삼 한 뿌리만큼 크다잖아. 그래서 난 아예 두 근 정도 먹으려고."

"그럼 나도 두 근 정도 먹어둘까? 젠장. 이런 쓴맛을 두 근이나 먹을 생각하니까 눈물이 다 나네."

"그나저나 그분께서는 참 훌륭한 분이셔. 산삼이 비싸니까, 대신 쓸 수 있게 이런 싼 해독제를 찾아주시고."

"암. 씀바귀라면 들에서 얼마든지 구할 수 있잖아. 산삼 대신 쓸 수 있는 저렴한 약재를 말씀해 주신 걸 보면, 그분은 틀림없이 훌륭한 의원이실 거야."

"그럼. 명의가 틀림없지."

*　　　*　　　*

정이산이 인삼주를 한 잔 더 마셨다. 독한 기운에 쌉싸래한 인삼 맛이 잘 어울렸다.

나꽃녀가 고기에 소금을 뿌려가며 구웠다. 그 구워지는 정도가 적당해서 고기가 입에서 살살 녹았다.

"좋군."

나꽃녀가 물었다.

"교주님. 씀바귀나 산삼이 쓴맛 좀 보여주려고 말씀하신 거면, 왜 술은 못 마시게 하신 거예요? 술 못 마시게 하려고 그 술을 압수하신 거잖아요."

대답이 없었다.

그녀의 눈에, 정이산이 인삼주를 너무 맛있게 마시는 게 보였다.

대답으로 충분했다.

# 第六章

소문은 빠르게 퍼졌다.

마교 상주지부에는 소문보다 빨리 보고가 올라왔다.

마교 상주지부 지부장 조병환이 하도 어이가 없어서 헛웃음을 터트렸다.

"허. 마상구가 얻은 기연이, 무형마독이었어? 그걸로 어마어마한 고수가 된 것처럼 사기를 치고 다닌 거야?"

장로 국방건도 한마디 했다.

"그놈. 잘 죽었군. 감히 교주님까지 속이다니."

"어쩐지. 그 정도 실력이면 중앙으로 올라가서 큰 뜻을 펴라고 해도 자기는 권력 욕심이 없어서 고향이 좋다고 고집을 피웠지요. 그때부터 좀 수상하다고 생각했습니다."

조병환은 마상구를 중앙으로 보내 그 얼굴을 안 보고 살려고 했었다. 그 제의를 마상구가 받아들이지 않았었다. 이제 그 이유를 깨달았다.

국방건이 한마디 했다.

"수상했으면 알아보셨어야지."

"자기 뒷조사 하는 거 정말 싫어한다고 선언까지 하는데 어떻게 그럽니까? 게다가 정파의 전투부대 하나를 순식간에 전멸시킨 건 목격자가 잔뜩 있었는데. 그게 사기였다니."

국방건이 진심으로 걱정이라도 된다는 듯이 혀를 찼다.

"교주님께 뭐라고 말씀드려야 할지. 쯧쯧."

국방건이 자꾸 교주를 언급하자 조병환은 속으로 열불이 났다.

'마상구가 깽판을 칠 때는 없던 놈이, 말끝마다 교주와 가깝다는 티만 내고.'

"험험. 그나저나 이 일을 그냥 넘길 수는 없겠습니다. 어쨌든 마상구와 우리 교의 무사 오십이 죽었습니다. 복수를 해야지요."

"당연한 말씀을. 그런 놈을 그냥 놔두면 다른 잡것들이 우리를 우습게보니까."

조병환이 기회다 싶어서 제안했다.

"그러니까, 국 장로님께서 좀 나서주시지요?"

국방건이 대번에 눈살부터 찌푸렸다.

"뭐요?"

조병환은 화내지 않고 그를 살살 꼬드겼다.

"마상구가 있어서 무림맹이 우리 상주 지방에서는 한 발 양보했었습니다. 이제 마상구가 가짜라고 밝혀졌으니, 그놈들이 기가 살 겁니다. 안 그러겠습니까?"

"그야 그렇지."

"그러니까, 이참에 우리 상주지부에는 국 장로님이 와 계시다는 걸 한 번 크게 알리셔야지요. 국 장로님께서 이름을 떨치시면 무림맹도 꼬리를 말 겁니다."

말은 좋게 했지만, 놀고먹는 국방건에게 귀찮은 일을 떠맡기려는 속셈이다.

국방건은 조병환의 꿍꿍이가 짐작은 가지만, 미끼가 워낙 먹음직스러워서 망설였다.

"험. 내 그놈 어디 있는지 찾기도 힘들고……."

국방건이 망설이자 조병환의 조금 크게 질렀다.

"홍문강이 전투단을 이끌고 천마교의 대마두 복동구 일당을 추적했던 건 아시지요? 그걸 그대로 빌려드리겠습니다. 그 정도면 도움이 될 겁니다."

"그 전투단이 완전편제된 거 같던데……."

"그렇습니다. 전투단 휘하에 전투부대가 다섯 개입니다. 강력하지요."

국방건이 조건을 달았다.

"그럼 이렇게 합시다. 내 이곳에서 같은 수의 전투부대를 골라서 뽑아갈 테니, 홍문강만 붙여주시오. 내 체면도 있는데 그 정도는 해줘야지 어중이떠중이 달고 다닐 수는 없잖소이까?"

지부장 조병환은 국방건이 무슨 생각을 하는지 눈치챘다.

'강한 부대들만 골라가겠구나.'

이제 와서 싫다고 하기는 어렵다.

"알겠습니다. 그러십시오."

국방건이 그때서야 허락했다.

"조 지부장께서 이렇게까지 부탁하시니, 내 그놈을 잡으러 가리다."

"하하. 감사합니다."

조병환이 속으로 욕을 했다.

'하여간 장로씩이나 되는 놈이 몸 하나는 정말 사린다니까.'

* * *

마상구의 사망 소식에 마교만 놀란 게 아니다. 무림맹 상주지부에도 정보가 전해졌다.

상주지부는 그렇지 않아도 마상구를 경계하느라 활동이 조금 위축되었었다.

상주지부장 오상천은 소식을 듣자마자 크게 기뻐했다.

"으하하하! 마상구가 죽다니. 앓던 이가 빠진 것 같구나!"

상주지부의 고위층 상당수가 회의실에 모였다. 곧바로 실무자가 보고를 시작했다.

"우리는 마상구에게 속고 있었으며……."

보고가 끝난 후에, 상주지부장 오상천이 말했다.

"이거, 마상구가 가짜니까, 이제 우리 상주 지방에서는 마교하고 붙어도 해볼 만하구만."

장로 한 명이 동의했다.

"당연하지요. 이제 우리가 꿇릴 거 하나도 없습니다."

"누군지 공을 세웠어. 이거 표창이라도 해야 하는 거 아냐?"

"하하하. 지부장님께서 표창하시면 큰 영광으로 여길 겁니다."

"그렇지? 하하하."

그들은 자기네가 누구에게 표창을 주려고 하는지도 모르고 큰소리만 펑펑 쳐댔다.

무림맹 상주지부 총관이 인상을 찌푸리고 있다가 말했다.

"표창을 하시는 데는, 문제가 좀 있습니다."

오상천이 총관을 돌아보았다.

"왜? 마교 놈들이 기분 나빠 할까봐? 그러라고 주는 표창인데?"

"그게 아닙니다. 정보당주가 보고한 해적섬 사건의 범인이 걸립니다."

오상천의 표정이 조금 굳었다.

"그때 나타난 것도 젊은 남녀라고 했었지. 이번에 마상구를 죽인 사람과 관련이 있을까?"

총관이 고개를 살짝 끄덕였다.

"고 당주가 보고한 그 인물은, 해적섬의 해적들을 토벌한 후 조라촌에 들렀습니다. 당시의 목격담과, 그 후 몇 가지 사건을 생각하면, 같은 사람일 확률이 높습니다."

"정보당주 말로는 마두일지도 모른다더니?"

"마교가 스스로 벌이는 연극일 수도 있습니다."

"마교라면 그런 짓을 잘하지. 하지만 왜?"

"자기들도 마상구의 비밀을 깨닫고, 그를 처단하는 과정에서 그걸 이용해 새로운 음모를 꾸민 걸 수도 있습니다."

"마교라면 마상구가 가짜라는 걸 알아내도 계속 이용하면 이용했지 버리지는 않을 텐데?"

"어쩌면 그 마두가 독에 일가견이 있어서, 마상구의 수법을 쉽게 눈치챈 걸지도 모릅니다."

오상천이 잠시 생각하다가 지시했다.

"그런지 아닌지 확인이 필요하겠군. 정보당주가 그 근처에 있다고 들었으니, 가서 직접 확인하라고 하게. 필요한 지원도 아끼지 말고."

"어떤 인물인지 굳이 확인하시려는 이유를 미리 알면, 고당주의 일에 도움이 됩니다만……."

무림맹 상주지부장 오상천이 피식 웃었다.

"당연한 거 아닌가? 우리에게 도움이 될 사람이면 끌어들이고, 쓸모없는 사람이라면 표창이나 하고 끝내겠지만, 만약 방해가 될 사람이라면."

대번에 눈빛이 날카로워졌다.

"제거해야지."

*　　　*　　　*

천마교주 정이산의 근접경호대장 복동구가 경호무사들을 이끌고 진양 시에 도착했다.

복동구는 정이산을 잃어버리고 헤매다가 소문을 듣고서야 이곳에 찾아왔다.

"마상구라고 하면 우리 섬에까지 이름이 알려진 대마두인데, 그게 사기꾼이었다니."

경호무사 중 한 명이 시장에서 꼬치구이를 넉넉히 사와서 동료 무사들에게 돌렸다.

복동구가 그걸 빤히 쳐다보았다.

"내 건?"

"여기 제일 큰 거……."

복동구에게도 따로 챙겨온 고치를 내밀며 물었다.

"사기가 아니었어도, 어차피 교주님 손에 걸렸으면 결과는 마찬가지 아닙니까? 제깟 놈이 어떻게 교주님을 이기겠습니까?"

"차라리 사기가 아니었다면 좋았을걸?"

"예?"

"교주님 욕구불만은 이제 어떻게 한다냐. 실망이 크셨을 텐데. 난 사실, 실망한 교주님이 이 도시를 통째로 털어 버리고 가신 건 아닐까 걱정했다."

"그러게요. 교주님이 그냥 가실 분이 아닌데."

복동구가 꼬치구이를 한 입 물었다. 대번에 인상을 찌푸렸다.

"뭐야. 이 쓴맛은?"

"양념에 씀바귀를 넣었다는데요?"

"그런 걸 넣으면 맛있대냐?"

"맛이야 없지요."

"그런데 왜 넣어?"

"요즘 여기 시장 사람들은 모든 음식에 씀바귀를 넣어 먹는다고 해서 다른 걸 구할 수가 없었습니다. 자기들도 쓴맛 때문에 죽겠지만 어쩔 수 없다는데요?"

"왜?"

"그게 아무래도……. 교주님이……."

*　　*　　*

천마교의 본거지는 남쪽 바다의 거대한 섬 주도다.

천마교 대장로 문상우가 복동구가 보내온 보고서를 읽으며 인상을 찌푸렸다.

"교주님은 도대체 거기 가서 뭘 하시는 거야? 상주 지방에서만 벌써 몇 건이야?"

장로 한 명이 보고서를 읽었다.

"어디 보자. 이번에는 대마두로 유명한 마상구를 처리하셨네요."

"마상구는 또 왜 잡으신 거야?"

"악당이라서 아닐까요?"

"교주님이 악당을 왜 잡아? 원래 그딴 일을 직접 하는 사람이 아니잖아."

장로가 손가락을 하나씩 꼽았다.

"육지로 가시자마자, 조라촌 근처에서 해적도 무찌르시고, 그 근처 마을에서 사람들 괴롭히는 사파도 물리치시고, 마교 놈들도 때려잡으시고. 사이비 교주를 없애고 실종된 아이들을 구해주시기도 하셨지요. 게다가 이번 일도 그렇고……. 이건 혹시……."

문상우가 몸을 앞으로 기울였다.

"왜? 뭐 생각나는 거라도 있냐?"

장로가 침을 꼴깍 삼켰다.

"사실은 마음만은 따뜻한 사람인데, 우리가 몰라본 거 아닐까요?"

회의실에 잠시 침묵이 감돌았다.

가장 먼저 입을 연 건 대장로 문상우다.

"누가? 교주님이?"

다른 장로들도 어이가 없다는 듯이 한마디씩 했다.

"말도 안 되는 소리."

"틈만 나면 얻어터지던 친위대 애들이 들으면 자네에게 원한을 가질 거야."

장로가 머리를 긁었다.

"그냥 농담입니다. 농담. 하, 하하. 다른 사람도 아니고 교주님이 그럴리가요."

* * *

나꽃녀가 마차를 준비하면서 물었다.

"교주님. 우리 이제 어디로 가요? 제 고향 찾아 가나요?"

정이산이 마차 안에 편안하게 앉아서 대답했다.

"어."

"어디로 가야 하는데요?"

대답이 없다. 모르니까 할 말이 없다.

나꽃녀도 큰 기대는 하지 않았다. 그녀가 한숨을 폭 쉬었다.

"휴우. 교주님도 모르시는구나. 하긴. 아무리 교주님이라고 해도 그걸 어떻게 아시겠어요?"

정이산에게 따지려고 한 말이 아니다. 나꽃녀가 생각하기에도 자기 고향을 알 단서가 너무 모자랐다.

'이게 다 내가 아무것도 기억을 못해서야.'

듣는 정이산 입장에서는 달랐다. 그에게는 그 말이 능력이 없어서 못 찾는다는 뜻으로 들렸다. 그런 의미로 한 말이 아니라는 건 알지만, 자꾸 생각이 그쪽으로 갔다.

정이산이 짧게 말했다.

"원도."

"예?"

"원도 지방에 네 고향에 대한 단서가 있다."

나꽃녀의 표정이 환해졌다.

"어머. 정말요?"

거짓말이다.

원도보다 북쪽에 있는 안도나 경도 지방이라고 이야기하면 시간을 더 벌 수 있겠지만, 그러면 너무 멀다고 의심할 것 같았다. 그래서 중간을 골랐다.

나꽃녀는 그것도 모르고 속으로 좋아했다.

'역시 교주님은 내 기억을 찾아주려고 섬을 떠나신 게 맞구나.'

정이산은 일단 시간은 벌었다.

앞으로가 문제다.

그가 지금 있는 곳은 상주 지방이다. 상주 바로 위쪽에 있는 원도 지방에 도착할 때까지 나꽃녀에 대해서 뭔가 단서를 찾아내야 한다.

'곤란하군.'

나꽃녀의 고향에 대해서는 정말 아무런 단서가 없다.

그녀의 몸에는 특별한 시술이 되어 있다. 단서가 될 만한 것은 그게 유일하다. 하지만 천마교 최고의 의원이라는 마의도 그게 뭔지 밝혀내지 못했다.

천마교가 있는 주도가 큰 섬이라고는 하지만 면적이 상주 지방의 절반도 되지 않는다.

사람 사는 곳에는 의원이 있기 마련이다. 상주 지방처럼 인구가 많은 곳에는 그만큼 의원도 많다.

'이 지방 의원 중에는 누가 유명할까?'

* * *

근접경호대장 복동구가 정이산을 찾아 진양 시를 떠났다.

며칠 후에, 마교가 그곳을 찾았다.

사람들은 바짝 긴장했다. 마교가 무슨 해코지라도 하지 않을까 두려워했다.

마교 상주지부의 마두 홍문강이 장로 국방건에게 제의했다.

"이 도시를 불태우는 건 어떨지요?"

마교 장로 홍문강이 물었다.

"뭐하러?"

"마상구가 죽고 전투부대 하나가 전멸했습니다. 분명히 우리를 쉽게 보는 자들이 나올 겁니다. 우리에게 저항하면 어떻게 되는지 교훈을 줘야 합니다."

"교훈이 되냐?"

"물론입니다."

말한 김에 구체적인 방법까지 제시했다.

"제 경험으로 보면, 먼저 모가지를 백 개 정도 잘라서 도시 입구에 걸어둔 후에 불을 지르는 게 더 좋습니다. 그냥 도시에 불만 지르면 왜 불이 났는지도 모르는 것들이 많아서 효과가 떨어집니다."

마교의 장로 국방건이 홍문강을 한심하다는 듯이 쳐다보았다.

"쯧쯧. 너 같은 놈들이 한자리 차지하고 있으니까 상주지부가 그 모양이지."

"예?"

"여기를 태워 버리면 세금은 어디서 받고?"

돈 문제가 나오자 홍문강이 머쓱한 표정을 지었다.

"아, 그거야 좀 그렇지만……. 태워도 정말 다 타 버리는 건 아니고 주민들이 알아서 불을 끄다 보면 반은 건질 테니까……."

"세금도 반으로 줄고?"

"그렇지만, 우리 교의 체면이……."

"마상구가 죽었다. 무림맹 놈들은 이번 기회에 이곳을 아예 장악하려고 들 거다. 기회만 보고 있겠지."

"그러니까 우리를 두려워하게 도시를 태우면……."

"이 도시를 태우고 모가지 백 개쯤 걸어놓으면 기분이야 풀리겠지. 하지만 사람들이 원한을 너무 많이 가지면 전략적으로는 손해야. 그놈들이 악에 받쳐서 무림맹에 협조하면 누구 손해냐? 사람이 크게 볼 줄 알아야지."

홍문강이 머리를 숙였다.

"죄송합니다. 무림맹 놈들에게 붙지 못하도록 적당한 수준에서 손을 쓰겠습니다."

장로 국방건이 수정안을 제시했다.

"그러니까 불은 지르지 말고, 모가지 백 개를 입구에 걸어놓는다고 했나? 그거 정도가 적당하겠군. 적어도 자기 일이 아닌 사람들은 원한보다는 공포부터 느끼겠지."

"알겠습니다. 즉시 수행……."

국방건의 목소리가 날카로워졌다.
"잠깐!"
"예?"
국방건이 눈을 잔뜩 찌푸리며 길바닥을 살폈다.
"이건……."
"왜 그러십니까?"
국방건이 짜증을 냈다.
"너는 눈이 있어도 보지를 못하는 거냐? 저걸 조사해 보아라."
바닥에는 정이산이 마상구를 공격할 때 펼친 보법의 흔적이 남아 있었다.
홍문강이 얼른 발자국 앞에 쭈그리고 앉아 그 모양과 깊이를 조사해 보았다. 그가 놀란 얼굴로 고개를 들었다.
"이 발자국. 보통 무공으로 찍은 게 아닙니다."
"어쩐지 모양새가 심상치 않다고 생각했다. 어쩌면 천마교의 질풍보일 수 있어."
홍문강은 이해가 가지 않았다.
"이런 종류의 발자국을 남기는 무공이 하나둘이 아닌데 왜 하필 질풍보를 생각하시는지요?"
"이곳은 시장이다. 며칠 전에 찍힌 발자국이 아직도 그대로다. 그 이유가 무엇이겠느냐?"
홍문강이 깜짝 놀라 물었다.

"설마……. 일부러, 지워지지 않게 찍었다는 말씀이십니까?"

"그렇지. 이건 싸우다가 우연히 찍힌 게 아니야. 누군가 일부러 표시를 남긴 거야."

"하지만 누가 감히……."

"우리가 조사하러 올 걸 뻔히 알면서도 대놓고 이런 표시를 남기는 데가 천마교 말고 누가 있을까? 게다가 천마교의 대마두 복동구가 이 근처에 나타났다. 그 발자국의 깊이와 각도, 모양 또한 예전에 본 질풍보와 비슷하고."

"확실히 이 마을에 복동구로 의심되는 십여 명의 무사가 나타났었다고 합니다."

"그것 보아라. 그 발자국은 아마 천마교의 대마두 복동구가 일부러 남긴 거겠지."

"단순한 질풍보일까요?"

장로 국방건이 확신을 가지고 말했다.

"그럼 설마 천마질풍보라도 되겠느냐? 질풍보가 맞느니라. 분명히 대마두 복동구가 일부러 남긴 흔적이다."

마두 홍문강도 동의했다.

"확실히 복동구 정도면 질풍보를 쓸 수 있을 겁니다."

"만에 하나지만 복동구가 아닐 수도 있고. 여하튼 천마교가 이렇게 일부러 흔적을 남긴 건, 이곳을 건드리지 말라는 경고이거나, 우리를 유인하기 위한 함정이다. 아마 함정이겠지. 어떤 함정이 있을지도 모르는데 이 도시에 머무는 건 곤란해."

천마교의 경고가 무서워서 그냥 놔둔다고 생각할까봐 말을 덧붙였다.

"우리는 지금 임무가 있잖느냐. 하찮은 것들에게 교훈을 주는 것보다 임무가 우선이지."

홍문강이 조금 전의 실수를 만회하려고 아부를 했다.

"역시 장로님이십니다. 저는 미처 거기까지는 생각하지 못했습니다."

국방건이 수염을 쓰다듬었다.

"어험. 그 정도야 기본이지. 그보다, 우리가 쫓는 범인이 북쪽으로 갔다고?"

"지금까지의 진행 방향도 그렇고, 사람들의 증언도 마찬가지입니다."

"위치는 모르고?"

"죄송합니다. 놈의 꿍꿍이가 뭔지 몰라서……. 다만, 복동구도 범인이 이동한 방향으로 갔다는 건 알아냈습니다."

"알았다. 일단 마상구를 죽인 놈을 잡는 게 더 중요하다. 내가 하기로 한 일이 그것이니까. 그 방향으로 따라가자."

"발 빠른 놈들을 골라서 정찰조를 몇 개쯤 편성하겠습니다."

"그래. 우리보다 앞에서 그런 놈이 지나갔는지 소문을 캐봐야 헛걸음을 안 하겠지."

"즉시 시행하겠습니다."

국방건이 손짓을 했다. 화려한 마차가 다가왔다. 그건 원래 마상구가 타고 온 마차로 마교 상주지부장의 물건이다.

국방건의 마차 바닥의 푹신한 방석에 엉덩이를 깔며 말했다.

"역시 비싼 마차가 좋긴 좋군."

*　　*　　*

국방건이 떠나자마자 무림맹 상주지부 정보당주 고용천이 부하들을 데리고 나타났다.

"마교가 작정을 하고 그를 쫓는군."

"전투단이 통째로 움직이고 있습니다. 무사의 수가 이백오십 명쯤 됩니다."

고용천은 무림맹 상주지부의 정보당주다. 무림맹의 상주 지방 정보 책임자답게, 마교 상주지부에 와 있는 국방건이 어떻게 생겼는지는 예전에 확인해 두었다.

"추격대에 국방건 같은 고수가 더해졌으니 실제 전력은 전투단을 넘어선다고 해야지. 그나저나 국방건이 직접 나서다니. 일이 생각보다 더 심각해졌다."

"어쩌시겠습니까?"

"이번 일의 범인을 찾아 그의 성향을 파악하라는 명령을 받았다. 마교를 쫓으면 그를 찾을 수 있겠지. 조심해서 뒤를 쫓는다. 발각되지 않도록 정신 바짝 차리고 몸을 숨겨라."

"보고는……."

"누구 한 명 남아서 지부에 상황을 전하고 서둘러 쫓아와라. 표식을 남기며 이동하겠다."

"알겠습니다."

* * *

복동구와 마교, 무림맹까지 정이산을 쫓았다.

정작 정이산은 그런 상황을 몰랐다.

사실, 신경도 쓰지 않았다.

나꽃녀도 몰랐다. 그래도 그녀는 좀 찜찜해하기는 했다.

"교주님이 마교를 자꾸 때려잡으시는데요. 마교가 가만있을까요?"

"가만있지 않으면?"

강력한 고수라도 찾아오기를 바랐다.

"음. 복수한다고 쫓아올 거 같아서요."

"그러든지."

"일단 마교는 교주님이 천마교주님이신 걸 모르잖아요. 일이 더 커지면 어떻게 해요?"

마차 위에 올라와서 바람을 쐬던 정이산이 마부석의 나꽃녀를 쳐다보았다.

"왜 그런 걱정을 해야 하지?"

마교가 그의 정체를 깨닫고 찾아와서 사과하면 어차피 문제될 게 없다. 마교가 그를 못 알아보고 공격하면 때려잡으면 된다.

정이산의 생각으로는 어느 쪽이든 걱정할 게 없다. 기왕이면 공격해 오기를 바란다.

나꽃녀는 그 말을 다르게 받아들였다.

'에휴. 나보고 알아서 방법을 찾아보라는 말씀이신가보다.'

그녀가 일부러 밝게 웃었다.

"모를 거예요. 우리가 어디 있는지."

나꽃녀는 마차를 몰 때 일부러 삿갓을 쓰고 거적때기를 둘렀다. 그런 식으로 자신의 모습을 감추었다.

보통 사람은 살기 힘든 세상이지만 그래도 굴러가기는 한다. 상업도 꽤 발달해 있다. 상업이 발달하려면 물자 수송이 활발해야 한다. 그래서 큰 길에는 지나다니는 마차가 많았다.

진양상단에서 얻은 마차는 꽤 흔한 물건이다. 비슷한 마차를 하루에도 수십, 수백 대씩 본다. 마차에 이름이 써진 것도 아니다.

사정이 이러니, 나꽃녀가 자기 몸만 감춰도 그들이 어디로 갔는지 마교가 모르게 하기에 충분하다.

'교주님이 또 사고만 치지 않으시면 말이지.'

그건, 걱정한다고 될 일이 아니다.

나꽃녀도 그걸 안다.

* * *

정이산이 나꽃녀에게 지시했다.

"이 지방에서 제일 유명한 의원을 찾아라."

나꽃녀는 깜짝 놀랐다.

"예? 어디가 아프세요? 열나시는 거예요? 어머. 감기라도 걸리신 거면 어떻게 해!"

"물어볼 게 있다."

나꽃녀가 가슴을 쓸어내렸다.

"휴우."

대부분의 무공은 수련할 때 대자연의 기운을 몸에 담는다. 기가 깃든 육체는 강하고 튼튼하다. 몸에 기가 충만한 고수는 병에 잘 걸리지 않는다.

나꽃녀는 무공에 대한 상식이 부족해서 잠시 정이산의 건강 걱정을 했다. 안 아프다니 안심을 했다.

의원을 찾는 이유도 좋은 쪽으로 생각했다.

'섬의 의술하고 육지 것을 비교해 보시려는 걸까? 아. 의서라도 몇 권 구해 가시려는 건지도 몰라. 역시 사람들의 건강까지 챙기시는 교주님이시라니까.'

제일 유명한 의원을 찾는 건 어렵지 않았다. 그녀는 여행 도중에 들르는 주막이나 여관 주인에게 의원에 대해 물었다.

사람들의 대답은 하나같았다.

"우리 지방에서는 허이령 의원님이 최고시지."

"전염병으로 다 죽게 생긴 마을을 허 의원님이 구하신 이야기는 유명하지. 마을 사람 절반을 죽인 지독한 전염병이 돈 적이 있는데, 허 의원님이 그 소식을 듣고 방문하신 후로는 아무도 죽지 않고 다 나았다지."

"백 년에 한 번 나기 힘든 명의시라고 하더군."

허이령 말고 다른 사람을 권해 주는 경우도 한 번 있었다.

"시간이 없으면 양산보다는 가까운 진양 시에 가보십시오. 명의가 나타났다는 소문이 있습니다."

나꽃녀가 반가워했다.

"어머. 우리도 진양에서 오는 건데. 거기 그렇게 유명한 의원님이 계셨군요?"

"모르신다면, 떠나신 후에 나타나신 건가 봅니다. 하여간 요즘 엄청 유명하신 분입니다. 그 명의께서는 원래 산삼이 필요한 병을 씀바귀로 치료하실 정도로 의술이 신묘하시다던데……."

나꽃녀가 멈칫했다.

"씀바귀……요?"

결국 목적지는 허이령이 있다는 양산으로 정해졌다.

그들은 마차로 며칠을 더 달렸다.

그 며칠은 중간에 여기저기 놀러 다니지도 않고 이동을 서둘렀다. 말의 체력이 허락하는 한도 내에서 열심히 달렸다. 이동 속도가 예전보다 훨씬 빨라졌다.

그들을 쫓는 자들은 주로 목격자를 찾아내 정보를 얻었다. 두 사람이 이동에만 집중하자 목격자의 수가 줄어들었다. 복동구나 마교, 무림맹은 그들을 찾지 못하고 헤맸다.

마차는 며칠 후에 드디어 양산 근처에 도착했다.

나꽃녀가 언덕 위에서 말했다.

“아, 교주님. 드디어 양산이에요. 양산. 저기가 양산인가봐요.”

제법 큼지막한 도시의 전경이 보였다. 집도 많았고, 도로도 큼직하게 뚫려 마차가 다니기 좋았다. 도시 바깥으로는 넓은 논밭이 펼쳐져 있었다.

나꽃녀가 그걸 보고 말했다.

“여기는 살기 좋은 곳처럼 보여요. 지금까지 본 동네들하고는 뭔가 좀 달라요.”

“가자.”

“예.”

마차를 몰고 도시에 들어갔다. 도시 외곽에 자리 잡은 주막에 들러 밥을 시켜먹으며 주모에게 물었다.

“허이령 의원님의 의방을 찾는데요.”

주모가 국밥 두 그릇을 내려놓으며 물었다.

"본점이 있고, 지점이 있는데 어디를 찾으세요?"

"본점은 뭐고 지점은 뭐예요?"

"당연히 허이령 명의님이 머무시는 곳이 본점이죠."

"지점은 그럼 그분이 없으세요?"

주모가 자랑스러운 표정으로 말했다.

"어머. 명의님을 찾는 환자가 얼마나 많은데 한 곳에서 다 받아보겠어요? 다른 곳들은 그분의 제자분들이 보시는데, 우리 양산에만 해도 다섯 곳이나 있답니다."

"그럼 본점은 어디예요?"

주모가 살짝 경계했다.

"무슨 옮거나 하는 병은 아니죠?"

"아픈 건 아니고요. 우리 공자님께서는 허이령 의원님을 한번 만나보시겠다고 하셨거든요."

그때서야 안심한 주모가 물었다.

"돈 많아요?"

"예? 돈이요?"

"명의님은 아주 많이 비싸요."

"예? 왜요?"

"아가씨가 순진한 건지 당연한 걸 묻네. 허 명의님께 진찰을 받으려고 하는 분이 하루에도 수백 명씩 몰려들어요. 하지만 그분께서는 하루에 열 분만 진찰을 하실 수 있대요. 나머지는 의술 연구를 하시니까요."

"아, 그러시구나. 그런데 돈이라니요?"

"순서를 정하려면 기준이 있어야 하는데, 돈 많이 낸 사람 순서대로 만나주는 거예요."

나꽃녀가 항의했다.

"에? 세상에 그런 법이 어디 있어요?"

"양산의 법은 그래요."

"너무해요. 그럼 부자가 아니면 그분한테 치료 못 받아요?"

"대신에 명의님은 그렇게 받은 돈을 좋은 일에 쓰신대요."

"사람이 죽는데 무슨 좋은 일이에요?"

"아니라니까 그러네. 그 돈으로 돈 없는 사람들 약값을 대신 내주시고 계세요. 그러니까 부자의 돈으로 더 많은 사람을 구하시는 거지요."

나꽃녀는 납득이 잘 가지 않았다. 하지만 듣다 보니 또 그런가 싶기도 했다. 판단을 내리기 애매했다.

그녀가 정이산을 돌아보았다.

"공자님. 돈 많이 필요하다는데요?"

"얼마나 있지?"

그동안 먹는 거 하나만은 푸짐하게 제대로 먹었다. 그만큼 지출이 컸다.

"두 냥 정도 남았어요."

나꽃녀가 주모를 쳐다보았다. 주모가 고개를 가로저었다.

나꽃녀가 다시 정이산에게 물었다.
"어쩌죠?"
이런 상황이면 정이산이 어디서 돈이라도 구해 오지 않을까 싶어서 물은 말이지만, 대답은 그녀의 기대와 달랐다.
"팔아."
"예? 뭘요?"
정이산이 그들이 타고 온 마차를 스윽 돌아보았다.
"저거."
나꽃녀의 얼굴색이 창백해졌다.
마차가 있어서 그동안 편했다. 야영을 할 때도 밤이슬을 맞지 않았고, 무거운 짐을 짊어지지도 않았다.
마차를 끄는 두 마리 말하고도 친해졌다.
그녀가 살짝 떨리는 목소리로 물었다.
"마, 마차만 팔면 되죠?"
주모가 참견했다.
"굳이 시장에 팔지 말고, 마차에 말 두 마리까지 한꺼번에 의방에 가져가 봐요. 말이랑 마차가 값이 좀 나가 보이니까 어떻게 될지도 몰라요."
나꽃녀의 입술이 바르르 떨렸다.
"애들까지요?"

*  *  *

허이령이 운영하는 의방 본점에 딸린 마구간 앞에서, 나꽃녀가 두 마리 말을 쓰다듬었다.

"햇님아. 달님아. 언니 따라가는 거보다 여기 있는 게 더 편할 거야. 여기서는 마차도 덜 몰고, 풀도 좋은 거 줄 거고, 가끔 콩도 줄지도 몰라. 그러니까 잘 있어야 해. 응?"

말들이 나꽃녀의 몸에 커다란 머리를 비볐다.

마구간지기가 어이가 없어서 물었다.

"거 누가 보면 가족하고 헤어지는 줄 알겠네. 저기 아가씨네 공자 가는데 안 따라갑니까?"

나꽃녀가 말들에게 손을 흔들며 뒷걸음질을 쳤다.

"잘 있어. 잘 있어야 해. 나중에 꼭 보러 올게."

말들이 콧김을 뿜으며 울었다.

히이이잉!

그녀를 쫓아가려고 했지만, 단단히 묶여 있어서 그러지 못했다.

마구간지기는 말들을 달래느라 애먹었다.

"어허. 이놈들이 왜 이래? 정말 저 아가씨 말을 알아듣는 건 아닐 테고. 이놈들아. 좀 가만히 있어."

# 第七章

허이령은 상주 지방 전체에서 가장 유명한 의원이다. 적어도 상주 지방에는 경쟁상대가 될 만한 명성을 가진 의원이 없다.

상주의 많은 부자들이 허이령에게 진료를 받으려고 찾아온다.

허이령은 하루에 환자를 보는 수를 최대 열 명으로 한정지었다. 자연히 부자들 사이에 경쟁이 붙는다. 경쟁을 뚫고 허이령을 만나려면 돈이 많이 든다.

그래도 말 두 마리와 마차 한 대를 주면 진료를 한 번 제대로 받아볼 만큼은 된다.

곱게 차려 입은 여자가 정이산과 나꽃녀를 안내했다.
"이쪽으로."
여자가 난초가 그려진 미닫이 문 앞에서 말했다.
"명의님. 환자분이 오셨습니다. 보호자와 함께입니다. 모셔도 괜찮을런지요?"
안에서 허이령의 잔잔한 목소리가 흘러나왔다.
"모시어라."
문이 열리자, 온화한 인상의 중년인이 앉아 있는 게 보였다.
허이령이 나꽃녀를 보고 조금 놀란 눈을 했다.
"허어."
나꽃녀는 뜨끔했다.
'엄청 명의라더니. 혹시 내 얼굴빛만 보고도 뭔가 알아낸 거 아닐까?'
"왜 그러세요?"
허이령이 부드럽게 웃었다.
"허허. 미안합니다. 워낙 미인께서 오셔서, 제가 잠시 예의를 잊고 감탄소리를 냈습니다."
나꽃녀는 예쁘다는 말에 기분이 좋아졌다. 어떠냐는 듯이 정이산을 쳐다보았다.
정이산은 나꽃녀 쪽은 보지도 않았다. 대신에 나꽃녀를 안으로 툭 밀었다.
"진찰해."

나꽃녀가 눈을 동그랗게 뜨고 정이산을 돌아보았다.

'아, 이제 보니 교주님은 내 건강이 걱정되셔서…….'

허이령은 초면에 반말을 들었음에도 불구하고 부드러운 미소를 지었다.

"그래. 이 미녀께서는 어디가 아파서 오셨는지? 일단 진찰이라도 해볼까요?"

나꽃녀가 팔을 휘휘 돌려보았다.

"저 하나도 안 아파요. 너무 건강해서 탈이라던데요?"

허이령이 내밀던 손을 멈추었다.

"그럼 여긴 왜……."

"제가 기억이 없어요. 기억상실이에요. 그리고 제 몸에 뭔가 이상한 게 있대요. 우리 공자님께서는 그게 뭔지, 어디서 유래된 건지 알고 싶어 하세요."

"허허. 그걸 알아보려 해도 일단 진찰을 해야지요. 자, 일단 손목부터."

허이령은 나꽃녀의 손목에 손가락을 대고 맥부터 확인했다. 그 외에도 그녀의 골격이나 혈, 기의 흐름 등을 꼼꼼히 살폈다.

"일반 장정보다 힘이 세다고요? 내공은 모르는데? 호오. 그렇군."

말로 물어 알 수 있는 건 최대한 물었다.

한참 진찰을 하는데, 아까 안내했던 여자가 다가왔다.

"명의님. 다음 환자분이 오셨습니다."

"기다리시라 해라."

"다른 분도 아니고 조 부자님이십니다만……."

허이령의 목소리가 조금 엄해졌다.

"지금 환자분을 진찰하는 게 보이지 않느냐?"

"예."

여자가 조용히 물러났다.

허이령은 그 후로도 한참동안 나꽃녀를 진찰했다.

마침내 진찰을 끝낸 후, 가볍게 숨을 내쉬었다.

"후우. 일단 초진은 끝났습니다."

나꽃녀가 눈을 반짝거리며 물었다.

"어떤가요? 이거 설마 무슨 병은 아니죠?"

허이령이 고개를 가로저었다.

"병은 아닙니다만……."

"다행이다."

"병이라기보다는, 아가씨의 대단히 독특한 체질이 문제이군요."

"체질이요?"

"이건 아무래도, 지음지체가 아닐까 합니다만……."

지음지체라는 말에 나꽃녀가 고개를 갸웃거렸다.

"그게 뭔데요?"

허이령이 웃었다.

"하하. 들어본 적이 없을 겁니다. 너무나도 희귀한 체질로써, 백만 명에 한 명 나오기도 힘들다는 체질이니까요."

"좋은 거예요?"

허이령이 웃음을 거두고 이맛살을 찌푸렸다.

"나쁠 건 없습니다만……. 다만."

나꽃녀가 긴장했다.

"무슨 문제가 있나요?"

"기억상실의 원인이 바로 지음지체입니다. 지음지체의 음기가 뇌에 영향을 끼쳐서 기억을 잃은 거지요."

"치료가……. 가능한 거죠?"

"물론입니다. 지음지체는 다시 몇 가지로 나뉩니다. 각각의 종류에 따라 적당한 치료를 받아야 하지요. 지음지체 중에 정확히 무엇인지만 알아내면 대처할 수 있습니다. 체질만 알아내면 설사 지음지체중에서도 특히 희귀하다는 월광지음지체라고 해도 치료할 수 있습니다."

나꽃녀가 안도의 한숨을 쉬었다. 정이산을 돌아보았다.

"휴우. 공자님. 저 괜찮대요."

정이산은 나꽃녀가 건강하다는 소리를 마의에게서 이미 들었다. 그래서 그녀의 몸 상태는 별로 걱정하지 않았다.

"알아."

나꽃녀 입장에서는 그 말이 그렇게 들리지 않는다.

'교주님도 걱정이 되서 여기를 찾아오셨으면서. 지금 같이

들으셨으니까 아시는 거면서.'

그녀가 허이령에게 물었다.

"그래서 제 체질은 뭐예요? 월광 머시기는 아니죠?"

"방금 한 건 초진이라……."

그녀가 눈을 동그랗게 떴다.

"예? 오후 내내 진찰하셨잖아요."

"이 지음지체는, 그만큼 분별하기 어려운 체질입니다. 나니까 벌써 알아냈지, 어지간한 의원은 일 년 내내 검사해도 아무것도 모를 겁니다."

"그럼 얼마나……."

"며칠 머무르셔야겠습니다."

나꽃녀의 얼굴빛이 창백해졌다.

"며, 며칠이나 있어야 해요?"

그녀가 정이산을 돌아보았다. 무려 천마교주씩이나 되는 인물이지만, 당장은 거지다.

'교주님이 날 위해서 돈을 구해 오실 리도 없고.'

그녀가 허이령에게 말했다.

"저기……. 오늘 진료비로 쓴 게 전재산이라서요……. 며칠 더 진료받을 돈이……."

허이령이 미소를 지으며 고개를 가로저었다.

"내 의술이 모자라 오래 걸리게 된 것이니, 이미 낸 돈이면 충분합니다."

나꽃녀가 안도의 한숨을 내쉬었다.

"휴우. 다행이다. 사람이 죽으라는 법은 없네요. 그래도 너무 미안한데, 뭐 도와드릴 일이라도 없을까요?"

허이령이 빙긋 웃었다.

"호오. 도움이라……. 어차피 계속 곁에서 보아야 하니, 그럼 며칠 정도 나를 따라다니며 심부름이라도 하시겠습니까?"

나꽃녀가 정이산을 돌아보았다. 며칠이나 다른 사람 일을 도우려면 정이산의 허락을 받아야 한다고 생각했다.

정이산이 허이령을 스윽 훑어본 후, 고개를 위아래로 까딱 흔들었다.

작은 고갯짓 한 번이었지만 나꽃녀에게는 충분했다.

그녀가 허이령을 보며 환히 웃었다.

"잘 부탁드릴게요."

*　　*　　*

나꽃녀는 그 후 사흘 동안 허이령을 따라다녔다. 주로 하는 일은 잔심부름이다.

하나도 어렵지 않았다. 기껏해야 이걸 가져 와라, 저기를 청소해라 정도였다.

허이령은 가끔 왕진을 간다.

그렇다고 먼 곳을 가는 게 아니다. 양산 시내라 걸어갈 수 있는 거리다.

부자 중에서도 특히 큰 부자들은, 허이령의 의방까지 오지 않았다. 다른 환자들과 섞이는 대신에, 양산에 저택을 사서 그곳에 머물며 병을 치료했다.

나꽃녀가 왕진을 갔다 나오는 허이령을 따라 걸으면서 물었다.

"명의님. 굳이 왕진까지 오면 불편하지 않으세요?"

"허허. 왕진은 치료비가 평소의 두 배랍니다. 그걸 감수하고 치료받겠다는데 왜 거절하겠습니까? 대신에 그 돈을 좋은 곳에 쓰면 되지요."

"아아. 그렇구나."

나꽃녀는 어느새 허이령의 방식에 적응했다.

'명의님은 좋은 분이시네.'

그녀가 뒤쪽을 힐끗 보았다.

정이산이 어슬렁거리며 그녀를 따라다녔다. 그는 나꽃녀의 곁에서 떨어지지 않았다. 나꽃녀가 허이령의 진료를 도우면, 그도 곁에서 구경했다.

'내가 걱정이 되서 그러시나봐. 교주님도 좋은 분이시니까, 교주님이랑 명의님이랑 잘 맞겠다.'

* * *

허이령이 나꽃녀를 진찰했다.

벌써 사흘째였다.

그가 하루에 나꽃녀를 진찰하는 데 쓰는 시간은, 왕진을 두 세 번 다녀올 만큼 많다.

나꽃녀는 그래서 매번 미안했다.

'나 때문에 환자 보는 수를 줄이셨다고 하던데.'

허이령이 그녀에게서 손을 떼며 말했다.

"오늘은 여기까지 하도록 하지요."

나꽃녀가 물었다.

"잘 안 되나요?"

"허허. 워낙에 어려운 진찰이라 그렇습니다. 어떤 지음지체인지 알려면 며칠 더 걸리겠습니다."

"죄송해서 그러죠."

"그리 부담스러우면 이렇게 하지요."

"어떻게요?"

"내가 일박이일 예정으로 다른 마을로 왕진을 가는데, 그게 전염병이 도는 곳이라 사람을 가려 데려가야 합니다. 꽃녀 아가씨는 지음지체라 병의 침입을 덜 받으니 남들보다는 덜 위험하지만, 그래도 손님이라 같이 가자고 말하기 어렵습니다."

나꽃녀가 밝은 표정으로 말했다.

"당연히 가드려야죠. 사람 구하는 일이잖아요."

"허허. 전염병이 아직 초기라 하니 큰 걱정은 하지 않아도 될 겁니다. 전염병이 돈다는 게 소문나면 인심이 흉흉해지니까, 이따가 저녁 때 조용히 사람을 보내겠습니다. 그때까지 입단속을 부탁합니다."

"예. 비밀 꼭 지킬게요. 명의님도 쉬세요."

나꽃녀가 진료실을 나갔다.

허이령이 곰방대에 불을 붙였다.

"후우."

흰 연기를 뿜은 후에, 낮은 목소리로 말했다.

"확실해. 지음지체 중에서도 특히 희귀한, 월광지음지체다."

그가 품에서 작은 두루마리를 하나 꺼냈다. 그걸 보며 고개를 끄덕였다.

"처음 볼 때부터 혹시나 했는데, 외모로 보나, 체질적 특징으로 보나, 기의 흐름이나 혈자리의 위치를 봐도 모든 게 일치해. 월광지음지체가 틀림없어."

* * *

나꽃녀가 콧노래를 부르며 걸어갔다.

"치료를 하면 기억도 되찾고, 그럼 내가 누군지도 알고, 어쩌면 나 곱게 자란 아가씨였을지도……. 호호."

얼마 걷기도 전에 정이산을 발견했다.

"공자님. 공자님. 저 치료받는 동안 안 심심하셨어요?"

"어."

"피. 말이라도 좋게 해주시지."

"기분 좋은 일이 있나 보구나?"

나꽃녀는 살짝 흥분한 상태다.

"네에. 며칠만 더 있으면 제 체질이 나온대요. 그러면 치료 방법을 결정할 수 있대요. 기억을 되찾으면 제가 누구인지 알 수 있잖아요. 그럼 추억 같은 것들도 기억날 거잖아요. 엄마 아빠가 누군지도 생각날 거고요. 그래서 좋아요. 헤헤헤."

정이산이 나꽃녀의 머리를 슥슥 쓰다듬었다.

"그래."

나꽃녀는 정이산이 어쩐 일로 머리를 다 쓰다듬어주나 싶었다.

"공자님. 저 기억 찾아도요. 교주님 따라다니면서 밥도 해드리고 마차도 몰고 할 테니까, 너무 걱정하지 마세요."

천마교주 정이산의 눈꼬리가 조금 부드러워졌다. 입꼬리도 살짝 올라갔다.

그걸 본 나꽃녀가 방긋거리며 물었다.

"공자님. 혹시 지금 웃으신 거예요?"

정이산의 얼굴이 즉시 펴졌다.

"아니."

*　*　*

양산에 머물고 있는 부자들의 직업은 다양하다. 상인도 있고, 논밭을 많이 가진 지주도 있다.

그리고 무공을 익힌 고수도 있다.

고수들 중에는 허이령을 찾아와 병을 낫게 하라고 깽판을 치는 사람도 가끔 있다. 하지만 그들은 하루를 못 버틴다. 허이령의 양산에서의 영향력이 너무 강해서, 고수 한두 명 정도 와서는 견디지 못하고 쫓겨난다.

그날 저녁, 허이령의 시녀가 나꽃녀를 찾아왔다.

"명의께서 부르세요."

나꽃녀는 일박이일짜리 왕진을 가기 위한 준비를 마친 상태다.

"진료실에 계세요?"

"아니요."

"예? 그럼 마구간?"

"도시 나가는 길 쪽에 보면 작은 주막이 있어요. 그 주막을 지나 언덕을 넘어가면, 거기서 마차와 함께 기다리고 계세요."

나꽃녀가 깜짝 놀라 물었다.

"어머. 밖에서 저를 기다리시는 거예요?"

"그곳에서 다른 분을 만나고 계시니까, 볼일이 끝나기 전에

서둘러 오시라는 말씀이었어요."

"네. 알았어요."

그녀가 방문 밖으로 고개를 내밀어 정이산의 방을 힐끗 보았다. 불이 꺼져 있었다.

'전염병이 돈다는 위험한 곳에 교주님을 데려갈 순 없지.'

"거기 어디인지 알아요. 혼자 갈 수 있어요."

"그럼 어서 출발을……."

"쉿. 우리 공자님 깨시면 안 되니까 조금 조용히 말씀해 주세요."

* * *

아이는 지쳐 잠들고 어머니는 울었다. 아버지는 마을의 금붙이를 모두 모아 마을 광장 한복판에 보관했다.

작은 마을이지만, 어느 집이나 마찬가지 상황이었다. 금이나 은이 붙어 있는 건 뭐든 가리지 않았다. 마을 신상의 금칠까지도 벗겨냈다.

마을 사람들은 모아 놓은 금붙이를 지키기 위해서 몽둥이나 식칼 등을 쥐고 주변을 살폈다. 무사 생활을 한 경험이 있는 몇 명은 옛날에 쓰던 칼을 꺼내왔다.

혹시 도적이 오지 않을까 경계하는 그들의 눈에는 독기만 가득했다.

작은 마을은 이미 지옥이었다. 땅에 묻지 못한 시체들이 많았다. 그 위에 파리가 날아다녔다.

마을 처녀가 남자들의 손에 질질 끌려왔다.

촌장이 호통을 쳤다.

"금영이 네 이년! 감히 금반지를 숨겨?"

민금영이 사정했다.

"이건 그 사람이 준 거예요. 약혼반지란 말이에요!"

"지금 그까짓 약혼이 중요하냐! 결혼 예물을 내놓지 않은 집이 하나라도 있는 줄 알아?"

그녀가 몸을 웅크렸다.

"그래도 그건, 태진 씨가 돌아온다고 약속하면서 준 거란 말이에요. 그걸 가지고 있으면 반드시 돌아오겠다고……. 그러니까 이 작은 거 하나만 제발……."

"반지 따위가 있건 없건 조태진이 돌아올 거면 벌써 돌아왔지! 그놈은 이미 떠났다. 널 버리고 도망갔어. 안 돌아와!"

그녀가 눈물을 뚝뚝 흘렸다.

"그 사람을 나쁘게 말하지 마세요. 제발……."

민금영이 어떤 마음으로 애인을 기다리는지 촌장도 잘 안다. 일가친척을 모두 잃은 그녀에게 남은 사람은 연인밖에 없다.

그 모습이 하도 측은해서, 마을 촌장이 외부에서 온 남자를 돌아보았다.

남자가 고개를 가로저었다.

"성의 문제입니다. 숨겨둔 것이 하나라도 있으면, 성의가 부족한 거지요."

사정을 봐주고 싶은 사람이 있어도, 이 남자가 보고 있는 한 그럴 수 없다. 오히려 더 호되게 대해야 뒤탈이 없다.

촌장이 어쩔 수 없이 민금영에게 호통을 쳤다.

"봐라. 너 하나 때문에 우리 모두가 죽어야겠냐!"

"제발……."

"안 되겠다. 저년을 매우 쳐라. 반지를 어디에 숨겼는지 실토할 때까지 쳐!"

마을 남자들이 몽둥이를 들었다. 민금영의 부탁을 들어주면 자기 가족이 죽게 생겼다. 그들은 자비심을 버렸다.

몽둥이 하나가 높이 올라갔다. 힘차게 내려왔다.

중간에서 멈추었다. 더 내려가지 못했다.

어느새 나타난 정이산이 몽둥이를 잡고 있었다.

남자는 몽둥이가 마치 바위 속에 묻힌 것 같은 느낌을 받았다.

'꼼짝도 하지 않잖아.'

놀라 몽둥이를 놓고 뒤로 물러났다.

촌장이 외쳤다.

"누구냐!"

정이산이 촌장을 스윽 쳐다보았다. 그뿐이다. 더 이상 가치를 두지 않았다.

마을을 둘러보았다.

"전염병이라."

촌장은 정이산의 몸에 무기가 보이지 않는 걸 보고 조금 안심했다. 나름대로 상황을 파악하고 외쳤다.

"이놈! 지나가는 사람이면 그냥 가! 남의 마을 일에 상관하면 네놈에게도 병이 옮을 거다!"

협박이라고 했지만, 먹히지 않았다. 먹힐 리가 없다.

몸이 건강한 사람은 저항력이 강해 병에 잘 걸리지 않는다. 기운이 충만하고 무공이 높으면 그 저항력이 일반인과는 비교도 할 수 없을 만큼 강해진다.

정이산은 이미 이 마을을 둘러보았다.

"산 사람 셋에 죽은 사람 하나라……."

원래 이백여 명이던 마을 사람 중에 이미 오십여 명이 죽었다. 나머지도 상태가 좋지는 않았다.

촌장이 외쳤다.

"우리 사정을 알았으면 어서 꺼져!"

"너희들의 무지를 탓할 생각은 없으나, 이 여자에게 맞아죽어야 할 만한 죄는 없다. 죄가 있는 건, 마을의 모든 금과 은을 요구한 놈이지."

촌장이 펄쩍 뛰었다.

"감히 그분께 놈이라니! 이런 쳐죽일 놈!"

촌장이 같이 있는 남자의 눈치를 보았다. 인상을 찌푸리는 걸 보고 얼른 마을 남자들에게 명령했다.

"구경만 하지 말고, 헛소리를 더 하기 전에 때려잡아!"

마을 청년들이 정이산을 향해 식칼과 몽둥이를 내밀며 다가왔다.

"이놈!"

정이산이 오른손을 천천히 들었다.

방금까지만 해도 몸을 떨고 있던 민금영이 촌장의 말에 놀라 외쳤다.

"바, 반지를 내놓을 테니까, 사람을 죽이지는 마세요!"

정이산을 살리려고 한 말이다.

그녀는 자기 목숨을 걸고서라도 반지를 지키고 싶었다. 하지만 남이 죽는 것까지는 바라지 않았다.

자기야 반지에 목숨을 걸었다 하더라도 꼭 죽는다는 보장은 없다. 만약 맞아서 죽는다면 그건 그것대로 반지 값 대신이 된다. 감시하는 남자가 요구하는 건 금반지나 그걸 대신할 수 있는 성의, 즉 그녀의 목숨이다.

하지만, 분위기를 보니 정이산을 그냥 놔두면 정말 맞아죽을 것 같았다.

정이산이 손을 내렸다.

"그러지."

"예?"

그녀는 마을 사람들에게 정이산을 죽이지 말라고 부탁했다. 그런데 정이산이 그러겠다고 대답했다.

정이산이 손에 쥔 몽둥이의 양 끝에 손바닥을 대었다. 두 손바닥을 마치 손뼉을 치듯이 천천히 가운데로 모았다.

손바닥 사이에 낀 몽둥이가 양 끝부터 천천히 부서졌다. 부러지지도 않고, 휘지도 않으면서, 양 끝에서부터 부서져 사라지는 그 모습에 다가오던 마을 사람들의 눈이 휘둥그레졌다.

그들은 정이산이 어떻게 그런 일을 해냈는지 모른다. 하지만 한 가지는 확실히 깨달았다.

"고, 고수다!"

고수 한 명은 여러 명의 무사를 상대한다. 마을 사람들처럼 무공을 배우지 못하고 변변한 무기조차 없는 일반인들이라면 몇 십 명이 모여도 죽일 수 없다.

마을 사람들이 겁을 먹고 뒤로 물러났다. 가족의 생명이 걸린 일이지만, 요즘 같은 세상에 고수를 함부로 공격했다가는 마을이 몰살당할지도 모른다.

촌장도 덜덜 떨었다. 그가 같이 있던 남자에게 말했다.

"이, 이걸 어떻게 하지요?"

남자가 눈살을 찌푸렸다.

"마두라면 저 여자를 구하려고 하지 않았겠지. 마두는 아니라는 소리인데, 그럼 설마 이 마을을 몰살이라도 시키겠나? 잡아라. 안 되면 쫓아내기라도 해."

"하지만 저 사람은 고수인데……."

"어허. 치료를 받고 싶지 않……. 컥!"

남자의 눈이 튀어나올 것처럼 커졌다.

어느새 정이산이 그의 목을 잡았다.

"치료?"

남자가 아직도 상황판단을 못하고 배경을 팔았다.

"그, 그렇다. 명의님께서 이 마을을 치료하시는 은혜를 베푸시려고 오고 계시다."

"허이령이 보냈나?"

"아, 알면 당장 놓아라."

"싫다."

남자가 정이산을 협박했다.

"이, 이놈. 난 허이령 명의님의 직속 부하다! 명의님이 오시면 너 따위는 죽는다. 그분에게는 엄청나게 강한 무사들이 많다."

당근도 제시했다.

"지금 도망치면 네 뒤를 쫓지 말라고 내가 이야기를 잘 해주마. 그러니까 놓아라."

정이산이 남자의 몸을 바닥에 팽개치듯 던졌다.

"크악!"

조금 전까지 거드름 피우던 사람들 앞에서 흉한 꼴을 보였다. 그게 창피하고 열 받아서 악을 썼다.

"이놈. 명의께서 무사들을 데리고 곧 오신다!"

정이산이 짧게 말했다.

"알아."

촌장이 공포에 질려 부들부들 떨었다. 정이산이 무서워서가 아니다.

"저, 저분을 저렇게 만들었으니, 명의께서 이제 우리 마을을 치료해 주시지 않을 거야. 우린, 우린 이제 다 죽었어."

마을 사람들도 넋을 잃고 주저앉았다.

"무공만 아는 무사 주제에, 왜 끼어들어서……."

좌절한 마을 사람들이 정이산에게 저주를 퍼부었다.

"으흐흐흑. 이 천마교 같은 놈. 꺼져라!"

정이산은 신경도 쓰지 않았다.

*　　*　　*

양산은 도시다. 일반적인 마을보다 크다. 그렇다고 걸어서 지나가는데 하루 종일이 걸리는 그런 대도시는 아니다. 지방 소도시인데다가 허이령의 의방이 도시 한복판에 있지도 않다.

나꽃녀는 얼마 걷지 않아 도시를 벗어났다.

"아, 쌀쌀하다."

밤바람이 꽤 차가웠다. 옷깃을 여미고 부지런히 걸었다.

이야기를 들었던 주막이 보였다. 며칠 전에 이 도시에 왔을 때 제일 먼저 들렀던 주막이다.

그곳을 지나 언덕을 넘어가자, 커다란 마차가 보였다. 마차 옆에서 사람들과 이야기를 나누는 허이령을 발견했다.

그녀가 발걸음을 빨리해 마차로 다가갔다.

환하게 웃으며 인사했다.

"명의님. 저 왔어요. 기다리시게 해서 죄송해요."

허이령이 나꽃녀를 보더니 표정이 밝아졌다.

"드디어 왔군."

허이령이 옆으로 고개를 돌렸다.

"이 아이다."

중년의 남자가 나꽃녀를 위아래로 훑어보았다.

"이 아이의 미모가 참 대단합니다. 이렇게 예쁘면 비싼 값에 팔리겠습니다. 맡겨주시면 한몫 단단히 받아오겠습니다."

"이번에는 예뻐서 파는 게 아닐세. 이 아이의 체질 때문에 비싸게 받는 거지. 월광지음지체거든. 아랫것들 손 타지 않게 잘 보관하고나 있게."

나꽃녀의 환하던 표정이 조금씩 굳었다.

"파, 팔다니요? 그리고 월광지음지체라니요? 명의님. 제 체질은 아직 모른다고……."

남자가 허이령에게 말했다.

"그게 뭔지 모르지만, 오랜만에 직접 파실 건가 봅니다. 한몫 단단히 잡으시겠습니다."

허이령이 선심 쓰는 척 말했다.

"자네 몫도 좀 떼어주지."

"감사합니다. 역시 어르신밖에 없습니다."

조건을 걸었다.

"대신에, 이 여자애와 함께 다니는 남자도 처리하게."

"남자가 있습니까? 어떤 관계인지요?"

"그건 나도 모르겠네. 여하튼 내 눈썰미가 남다른데, 아무래도 무공이 제법 높아 보여."

"평소처럼 이 여자가 병으로 죽었다고 속이시지요?"

"항상 곁에 붙어 있으니 속이기 어려워. 이 아이가 없어지면 그 남자가 난동을 부릴 텐데, 시끄러워지기 전에 처리하게."

"어디 있는지만 말씀하시면. 오늘 밤이 가기 전에 염라대왕 앞에 보내놓겠습니다."

나꽃녀의 얼굴이 창백해졌다.

이들의 대화가 뭘 의미하는지는 너무 명확해서 의심할 여지가 없었다. 그녀는 그동안 허이령을 진심으로 믿었음에도 불구하고, 더 이상 믿을 수가 없었다.

"노, 농담하시는 거죠? 절 놀리시는 거죠?"

진심으로 그러기를 바랐지만, 그럴 리 없다는 걸 안다. 돌아가는 상황이 뻔하다.

허이령이 나꽃녀를 슥 돌아보았다. 입술도 살짝 핥았다.

"월광지음지체만 아니면 팔 게 아니라 첩으로 삼았을 텐데, 이 예쁜 것을 주무르기만 하고 안아보지를 못해서 내가 환장하는 줄 알았지."

남자가 말했다.

"그럼 의뢰한 곳에 넘기기 전에 며칠 데리고 노시지요?"

"어허. 이게 얼마짜리인 줄 아는가? 게다가 흠집을 내면 의뢰한 곳에서 화를 낼지도 몰라. 그게 아니더라도, 자고로 여자를 팔 때는 때를 안 탄 게 더 비싸게 받을 수 있지."

"역시 이제 이쪽 일에 대해 잘 아십니다."

"허허허. 우리가 거래한 게 얼마나 오래인데 내가 아직 그런 이치도 모르겠나? 사실 돈 버는 솜씨는 내가 자네보다 훨씬 낫잖은가? 그래서 내가 자네를 고용할 수 있는 거고."

그들이 대화를 할 때마다 충격적인 내용이 드러났다. 충격이 한 번으로 끝나지 않고 연달아 밀려왔다. 허이령의 음탕한 말에 나꽃녀가 비틀거렸다.

"좋은 사람인 줄 알았는데……."

허이령이 남자에게 말했다.

"다시 말하지만 이 아이는 내가 직접 비싸게 팔 거니까, 손 타지 않게 잘 보관해 두게. 같이 있던 남자는 우리 손님 방 별채 끝에 있으니까, 기왕이면 시체까지 깔끔하게 처리하고."

"한두 번 하는 일도 아닌데 걱정 마십시오. 치료비가 없어서 둘이 야반도주를 한 것처럼 꾸미겠습니다."

시체라는 말에 나꽃녀는 정신이 번쩍 들었다.

'교주님은 주무시잖아. 교주님이 강하시지만, 내가 깨워도 잘 안 일어나시는 분이니까, 주무실 때 습격당하면 위험하실 거야.'

그녀가 주먹을 꼭 쥐었다.

'어떻게든 해야…….'

사정해서 될 일이 아니라는 건 안다.

그녀는 자기 몸뚱이만 한 바위도 번쩍 든다. 여행에 필요한 짐을 모두 짊어지고 정이산을 따라다닌 적도 있다.

주변을 두리번거렸다. 몽둥이로 쓸 만큼 굵고 긴 나무토막이 굴러다녔다.

그녀가 재빨리 몽둥이를 주워 단단히 잡았다.

"우리 공자님한테는 못 가!"

허이령이 웃음을 터트렸다.

"하하. 이년. 미쳤구나? 네 몸 걱정이나 해라."

허이령과 대화하던 남자가 손을 들었다.

숲에서 십여 명의 무사가 걸어 나왔다.

남자가 나꽃녀를 향해 가볍게 손짓을 했다.

"비싼 거니까 상처 나지 않게 잘 챙겨라."

무사 한 명이 나꽃녀를 향해 다가왔다.

"이봐. 아가씨. 반항하면 피차 피곤하잖아. 그냥 순순히 잡혀."

나꽃녀가 무사를 향해 몽둥이를 휘둘렀다.

"싫엇!"

무사가 실실 웃으며 나꽃녀가 휘두르는 몽둥이를 왼손으로 턱 잡았다.

얕잡아보았다. 젊은 여자의 몽둥이질인 줄로만 말았다. 몽둥이에 담긴 힘이 너무 강했다.

무사의 무공이 만만치 않음에도 불구하고, 버티지 못하고 손목이 꺾였다.

"으아악!"

무사가 비명을 지르며 뒤로 물러났다.

깜짝 놀란 나머지 무사들이 일제히 칼을 뽑았다.

"이년!"

"무공을 숨기고 있었구나!"

허이령이 놀라 외쳤다.

"이럴 수가! 월광지음지체가 무공을 어떻게 익혀? 내 진찰이 틀렸구나!"

남자가 허이령을 돌아보았다.

"그럼 어떻게 할까요?"

허이령이 화를 냈다.

"저건 월광지음지체가 아니야! 그럼 얼마나 큰돈이 날아간 건지 알기나 해? 그들을 이용해서 앞으로 벌어들일 돈까지 생각하면 난 정말 큰 손해를 봤단 말이다!"

"팔아 비리면 손해가 조금 줄어들 겁니다."

"아무데나 팔면 몇 푼이나 된다고. 첩으로 삼아서 두고두고 괴롭혀야겠다."

"그럼 다치지도 않게 합니까?"

허이령이 잠깐 생각하다가 말했다.

"먼저 기를 죽일 필요가 있겠어. 고분고분해질 때까지 패라. 얼굴에 상처 나지 않게 조심하고."

남자가 부하들에게 명령했다.

"칼로 베지 마라. 일단 팔다리의 관절이라도 뽑아놓고 조용히 질 때까지 때려라."

무사 중 하나가 나꽃녀를 보며 남자에게 물었다.

"잡아놓고 저희가 좀 즐겨도 될까요?"

"명의님 첩이 될 여자다. 첩이 지겨워지시면 팔아 버리시는 거 알잖아. 사람을 파는 게 우리 일 아니냐? 그때가 되면 팔기 전에 실컷 즐길 수 있으니, 지금은 그냥 그 여자를 때리는 걸로 만족해라."

"예."

무사들이 침까지 흘리며 나꽃녀를 향해 다가왔다. 손에 든 칼을 흔들며 붉게 충혈된 눈으로 다가오는 모습이, 마치 발정 난 늑대 무리 같았다.

나꽃녀가 바들바들 떨었다.

무서웠다. 너무 무서워서 떨림이 멈추지 않았다. 몽둥이를 꼭 쥐고 있어도 의지가 되지 않았다. 그녀가 든 건 나무 몽둥이고 적들이 가진 건 쇠를 담금질해서 만든 진짜 칼이다.

그녀는 정말 사시나무처럼 떨었다.

익숙한 목소리가 들렸다.

"그렇게 떨면 복 달아난다."

소리가 들린 방향은, 그녀의 뒤쪽이었다.

너무나 반가운 목소리에, 나꽃녀가 뒤를 휙 돌아보았다.

"공자님!"

반가워서 눈물이라도 날 것 같았다.

"여기는 어쩐 일이세요?"

"지나가다가."

"저를 구해 주러 오신 거죠?"

"아니."

마음이 놓인 그녀가 눈으로는 웃으며 입술을 삐죽였다.

"피."

# 第八章

정이산이 나꽃녀의 옆에 섰다.

허이령이 손을 부들부들 떨었다.

"네, 네놈. 여기는 어떻게……. 설마, 내가 속이고 있는 걸 이미 눈치채고 있었나?"

"어."

"언제부터?"

"네가 꽃녀에게 잘해 줄 때부터."

허이령은 믿지 않았다.

"뭐? 그건 불가능하다."

"네가 좋은 인간일까? 그럴 수도 있지만, 내가 너에 대해 들은 건 사탕발림으로 환자와 도시 사람들을 속인 이야기들이었지. 그런데 그런 네가, 꽃녀에게 너무 잘해 줬어."

허이령은 정이산의 말이 도무지 이해가 가지 않았다. 자기를 놀리는 줄 알고 분통을 터트렸다.

"잘해 준 게 왜 문제냐!"

"그런 인간이 잘해 준다면 원하는 게 있어서지. 뭘 원할까? 꽃녀가 예쁘장하니까 몸을 원했나? 아니야. 그럼 방법이 달라져야지. 다른 걸 원한다면 뭘? 그리고 왜? 뭔가 원한다면, 뭔가 아는 게 있어서겠지."

정이산이 한 걸음 앞으로 나갔다.

"그게 뭘까?"

나아가는 한 걸음에. 기세가 담겼다.

무사들이 자기도 모르게 한 걸음 물러났다. 허이령은 아예 뒷걸음질을 치다가 엉덩방아를 찧었다.

허이령과 대화하던 중년 남자는 물러서지 않았다.

남자가 인상을 잔뜩 찌푸린 채 물었다.

"그것만으로 의심을 했다? 명의님도 사람인데 인간적인 자비심이 들었을지 모르지."

"인간이 아니잖아."

"심한 말을 하는군."

"마을에 갔다 왔거든."

중년 남자는 마을이 어디를 의미하는지 깨달았다. 허이령도 마찬가지다.
허이령이 정이산을 가리키며 소리를 질렀다.
"저 새끼를 죽여 버려! 눈치챈 게 틀림없다!"
남자가 칼을 뽑았다. 그의 부하들도 칼을 단단히 쥐었다.
남자가 음산한 목소리로 말했다.
"너에게 무공이 제법 있으니 이렇게 혼자서 나섰겠지만, 사람 보는 눈은 없구나. 내가 누군지 아느냐?"
"몰라."
"내가 바로 공허중이다. 알겠느냐?"
모른다.
반응이 없자 공허중이 짜증을 냈다.
"이놈! 내가 바로 인백정 공허중이란 말이다!"
모른다. 상주 지방에서야 유명한 마두이지만, 천마교주 정이산의 귀에 들리기에는 명성이 낮다.
나꽃녀도 마찬가지다. 기억을 잃어서 아는 게 없다.
정이산이 말했다.
"처음 듣지만, 별명만 들어도 어떤 놈인지 알겠구나. 사람을 많이 죽였겠어."
"세상에 알려진 것보다 훨씬 많이 죽였지. 네가 들른 마을, 그것도 내 솜씨니까. 명의님이 주신 걸 마을 우물에 탔지."
"알아."
이미 마을에 들러 조사하고 왔다.

허이령이 몸을 엉거주춤 일으키며 외쳤다.

"뭐하나? 죽여 버리라니까!"

공허중이 부하들에게 손짓했다.

"죽여!"

무사들이 일제히 칼을 휘두르며 정이산에게 달려들었다.

"와아아!"

정이산이 한 걸음 앞으로 나갔다. 나꽃녀와의 거리가 조금 벌어졌다.

무사들이 정이산을 따라 움직였다. 열 자루의 칼이 정이산의 몸을 동시에 노렸다.

정이산이 손을 가볍게 휘저었다. 손이 닿는 거리의 공간을 지배했다.

무사들의 칼이 그의 손에 맞아 모조리 튕겨나갔다.

그냥 튕긴 게 아니다. 칼날이 옆으로 젖혀졌다. 바로 옆에는 다른 무사가 있었다.

첫 번째 무사의 칼날이 바로 옆의 동료를 베었다. 그 동료의 칼날은 또 그 옆을 베었다. 마지막 열 번째 무사의 칼날은 다시 첫 번째를 베었다.

눈 깜빡할 시간에 그 모든 일이 일어났다. 열 명의 무사가 마치 젓가락 한 뭉치가 쓰러지듯 자기들 칼에 베어 넘어졌다.

그들이 쓰러지기가 무섭게, 인백정 공허중이 달려들었다.

애초에 그는 부하들의 공격보다 딱 한 박자 늦게 움직였다.

원래는 부하들이 공격하는 뒤에 숨어서, 안전하게 한 칼 꽂아 넣을 계산이었다.

하지만 부하들이 일격에 전멸했다. 공허중은 그걸 보며 심장이 떨어질 정도로 놀랐다.

'헉!'

이미 몸을 빼기는 늦었다. 기운을 있는 대로 쏟아내며 일격을 날렸다.

'죽인다!'

유명한 마두 인백정 공허중이 목숨을 걸고 날리는 일격이다. 칼날이 쇠라도 자를 듯 매서웠다.

정이산이 앞으로 움직였다.

인백정 공허중의 칼이 그의 몸을 노렸다.

빗나갔다. 칼날이 옆을 스쳐 지나갔다.

정이산은 신경도 쓰지 않았다. 머리카락 한 가닥도 공허중의 칼날에 닿지 않았다.

손을 내밀었다. 손바닥이 공허중의 가슴을 툭 밀었다.

동작은 가볍지만, 손바닥에 산처럼 무거운 기운을 담았다.

"크아악!"

단 일격에, 공허중의 가슴이 함몰됐다. 몸이 뒤로 날아갔다. 저만치 날아가 땅바닥에 꽂혔다.

땅에 널브러진 채 미동도 하지 않았다.

허이령이 놀라 턱을 덜덜 떨었다.

"이, 이럴 수가. 인백정이 어떤 마두인데……. 그렇게 간단히……."

정이산이 걸어갔다.

"내놔."

허이령은 그 말의 의미를 잘못 알아들었다.

"도, 돈이라면 집에 많으니까……."

기가 산 나꽃녀가 몽둥이를 허이령의 코앞에서 휘둘렀다.

"누가 돈 달래? 우리 공자님께 드릴 게 있잖아. 그걸 당장 내놓으라고!"

허이령은 퍼뜩 떠오르는 게 있었다.

"아, 여기……."

그가 얼른 집을 뒤져 큼지막한 약병을 꺼냈다.

"그 마을에 퍼진 전염병은 이 약으로 치료할 수 있습니다. 제가 특별히 조제한 약입니다."

정이산이 짧게 말했다.

"전염병?"

나꽃녀가 더 참지 못하고 몽둥이로 허이령의 몸을 딱 소리가 나도록 때렸다.

"이 더러운 놈! 어디서 감히 거짓말이얏! 우물에 탔다며!"

허이령이 비명을 지르며 실토했다.

"으악! 독입니다! 독을 탔습니다! 이건 해독제입니다!"

나꽃녀가 약병을 받아 정이산에게 갔다.

정이산이 손을 내밀었다.
나꽃녀가 약병을 넘겨주며 슬쩍 물어보았다.
"그런데 공자님. 제가 예쁘장해요?"
"아니."
"조금 전에 분명히 그러셨잖아요. 저 나쁜 놈한테 '꽃녀가 예쁘장하니까' 라고 하셨잖아요. 저 똑똑히 들었어요."
정이산이 짧게 대답했다.
"남들이 보기에."
나꽃녀가 입을 삐죽였다. 삐죽임 속에서 미소가 묻어나왔다.
"피."
조금 전에 겁먹었던 것이 모두 풀렸다.
어쩐지 기분이 좋아졌다.

* * *

독에 중독되어 주민 네 명 중 하나가 죽은 마을 사람들에게, 정이산이 약병을 내밀었다.
"해독제다."
사람들이 눈을 껌뻑거렸다. 촌장이 조심스럽게 말했다.
"저기……. 저희가 걸린 건 전염병입니다만……."
정이산은 더 말하지 않았다.

나꽃녀가 대신 설명했다.

"여러분이 드신 건 독이에요. 허이령이란 나쁜 놈이 여러분을 중독시키고 자기가 명의인 척 치료하는 거예요."

"하지만 그런 황당한 말을 믿을 수가……."

정이산은 굳이 설명하지 않았다. 약병을 바닥에 놓아두고 돌아섰다.

"가자."

나꽃녀가 그의 뒤를 졸졸 따라갔다.

"아이참. 공자님. 그래도 잘 말씀하시고 가셔야……."

그가 떠나고 나서, 사람들이 약병을 멍하니 쳐다보기만 했다.

촌장이 말했다.

"분명히 이게 독일 거야."

마을 사람들이 고개를 끄덕였다.

"함부로 먹으면 진짜 죽을 겁니다."

아까 정이산은 약혼반지를 숨겼다가 죽을 뻔한 민금영을 구해 주었다. 그녀는 다르게 생각했다.

그녀가 약병을 열었다. 속에는 콩알만 한 약이 가득 들어 있었다. 망설이지도 않았다. 그중 한 알을 꺼내 입에 넣고 삼켰다.

사람들이 놀라 손을 내밀었다.

"어허. 그거 독이라니까!"

그녀가 다부지게 말했다.

“전 그분을 믿어요.”

사람들은 치료약이 필요하다. 정이산을 믿지 못해 망설이고만 있는데 그녀가 약을 먹었다.

사람들이 모여서 그녀가 죽나 안 죽나 구경했다.

약을 먹고 얼마 되지도 않아서, 꺼멓게 죽어가던 얼굴빛이 정상으로 돌아왔다. 기운도 돌아왔다.

그녀가 힘차게 뛰는 심장을 느끼며 방긋 웃었다.

“정말, 고마운 분이에요.”

구경하던 사람들이 그때서야 슬그머니 다가와 약을 하나씩 꺼내갔다.

* * *

가까운 언덕에서, 정이산이 마을을 내려다보다 뒤돌아섰다.

허이령과 무사들이 그 앞에 무릎 꿇려진 채 있었다.

정이산이 허이령에게 물었다.

“누구냐?”

허이령이 무슨 말인지 알아듣지 못하고 눈만 껌뻑였다.

“예? 전 허이령입니다만…….”

정이산이 나꽃녀에게 지시했다.

“패.”

나꽃녀가 즉시 몽둥이로 허이령을 때렸다.

"월광지음지체를 찾으면 납치하라고 의뢰한 놈이 있다며! 그게 누구냐고!"

허이령이 몸을 웅크려 몽둥이를 피하며 급히 말했다.

"모, 모릅니다!"

나꽃녀가 정이산을 돌아보았다.

정이산이 말했다.

"맞다보면 기억나."

나꽃녀가 다시 몽둥이로 허이령을 때렸다. 몽둥이에 감정이 잔뜩 실렸다.

"어디서 거짓말을!"

"으악! 정말입니다. 지음지체의 여자를 발견하면 가둬두고 표식을 남기라고 했습니다. 그럼 사람들이 찾아올 거……. 케엑!"

"누군지도 모르면서 어떻게 이용할 생각을 해? 이용해서 큰 이익을 보려고 했다며!"

"의뢰인들이 엄청난 고수인데, 만약 그냥 지음지체가 아니라 월광지음지체를 찾아내면 뭐든지 다 들어준다고 해서……. 크악!"

매타작이 이어져도 결정적인 정보는 나오지 않았다. 그래도 단서 정도는 나왔다.

"지음지체를 구분하는 방법을 그자들에게서 받았습니다.

월광지음지체의 구분법은 특별히 족자로 되어 있……. 으악!"

허이령은 결국 기절했다.

나꽃녀가 몽둥이를 툭 던졌다.

"아, 이제 쌓인 게 다 풀렸어요."

나꽃녀는 사람을 패는 게 싫다. 하지만 믿었던 사람에게 배신을 당한 경우라면 사정이 다르다. 배신한 허이령을 실컷 때렸더니 마음의 상처가 아물었다.

나꽃녀가 정이산에게 물었다.

"어떻게 하실 거예요? 표식이라는 걸 남기고 기다려 볼까요?"

"늦었다."

이미 마을에 해독제를 나눠주었다.

나꽃녀가 그 말의 의미를 알아들었다.

"하긴. 곧 허이령이 가짜라는 게 알려질 테니까, 의뢰인이라는 작자들이 눈치 못 챌 리가 없죠."

"가자."

"예."

* * *

정이산은 허이령을 양산으로 끌고 왔다.

허이령만이 아니다. 그가 부리던 무사들도 마차에 실어 데려왔다. 그들은 자기들끼리 칼로 베었지만 죽지는 않았다.

나꽃녀가 사람들에게 열심히 설명했다.

"이놈이 그동안 한 짓이 뭐냐면 말이죠……."

사람들은 처음에는 허이령이 나쁜 놈이라는 말을 믿지 않았다.

"감히 명의님을 잡아오다니! 이노옴!"

정이산이 무사들을 슥 돌아보았다.

무사들은 지금까지 정이산 같은 고수를 본 적이 없다. 저항하면 즉시 죽는다는 것도 깨달았다.

그들이 정이산에게 겁을 먹고 사실을 실토했다. 그동안 저질렀던 일들을 줄줄이 늘어놓았다.

"사실, 주변 마을에 돈 전염병은 전부 허이령이 준 독을 우물에 탄 겁니다. 의원이 없는 작은 마을만 골라서 했습니다."

"배경이 없는 예쁜 여자가 입원하면 죽었다고 속이고 빼돌려서 비싼 값에 팔았습니다."

"여자를 빼돌릴 때 시체가 필요하면 작은 마을에서 여자를 잡아 죽여서 썼습니다."

그러면서도 자기들 변명도 열심히 했다.

"우리는 망만 봤습니다."

"모든 건 허이령과 공허중이 했습니다. 저희는 시키는 대로 안 하면 죽인다고 해서 어쩔 수 없이 했습니다."

그들이 털어놓는 사건은 끝이 없었다. 그 사건들이 과거에 일어났던 일들과 딱딱 맞아떨어졌다.

한두 개라야 거짓말이라고 의심을 할 텐데, 믿을 만한 이야기가 너무 많이 나왔다.

양산 주민들은 정말 놀랐다.

"허어. 그러고 보니 그동안 명의가 치료한 마을 중에 의원이 있을 정도로 큰 곳은 하나도 없었지."

"미인은 박명하다는 말이 진짜라고만 생각했는데 그게 설마……."

"아이고. 내 딸! 이놈들아! 내 딸을 어쨌냐! 돌려줘!"

사람은 원래 한 번 믿은 걸 계속 믿고 싶어 한다. 아무리 설명해도 자기가 믿던 사람이 사기꾼이라는 걸 인정하는 것보다는 그가 명의라는 걸 더 믿고 싶다.

보통은 그렇다.

이번에는 경우가 조금 다르다.

허이령이 가짜 명의라면, 죽었다고 생각하던 여자들이 어딘가에 살아 있다는 소리다. 그들은 누군가의 딸이고, 누군가의 여동생이자 누나이며, 누군가의 애인이고, 누군가 짝사랑하던 여자다.

사람들이 팔을 걷어붙이고 달려들었다.

"이노옴! 어디다 팔았냐! 어디다!"

정이산이 그걸 보고 돌아섰다.

"가자."

나꽃녀가 그를 따라가며 뒤를 자꾸 돌아보았다.

"저렇게 놔둬도 돼요?"

"이제, 저들의 일이다."

나꽃녀가 자꾸 뒤를 돌아보았다.

"하지만……. 배경 없는 사람들만 골라서 팔았다잖아요. 여자를 돈으로 사는 놈들 중에는, 권력을 가진 것들이 많을 텐데……."

정이산이 걸음을 멈췄다. 대답하지 않았다.

잠시 그러고 서 있다가 고개를 한쪽으로 스윽 돌렸다.

십여 명의 무사가 정이산을 향해 달려왔다.

"헉헉. 찾았다!"

천마교주 근접경호대장 복동구와 경호무사들이었다.

복동구가 정이산의 바로 앞까지 달려와 숨을 몰아쉬었다.

"후아. 교주님. 찾느라 정말 힘들었습니다."

나꽃녀가 눈을 동그랗게 떴다.

"어머. 아저씨. 여긴 어떻게……."

"어떻게는? 교주님이 그렇게 사라지셨는데, 발바닥에 땀띠가 나도록 뛰어다녀서 찾았지. 하하, 교주님. 이제 저희가 모시면, 앞으로는 편안한 여행을 하실 수 있습니다."

정이산이 복동구를 물끄러미 보다가 말했다.

"잘 왔다."

복동구는 깜짝 놀랐다.

"헉! 교주님. 저를 칭찬하신 겁니까? 이 복동구. 교주님의 칭찬을 들어본 건 난생 처음입니다. 정말 감동했습니다. 눈물이 앞을 가립니다."

물론 눈물 한 방울 나지는 않았다.

정이산이 사람들이 모여 있는 쪽을 눈짓으로 가리켰다.

"도와줘라."

"예? 뭘……."

나꽃녀의 표정이 환해졌다. 그녀가 얼른 설명했다.

"저기에 사이비 사기꾼 돌팔이 인신매매범 허이령이라는 놈이 있어요."

복동구가 고개를 갸웃거렸다.

"허이령이라면 상주 지방 최고의 명의잖아?"

정이산의 눈이 살짝 가늘어졌다.

"아는구나?"

복동구는 뜨끔했다.

"아, 예. 그게……. 아, 이번에 교주님을 찾으려고 정보를 수집하다 어디서 주워들었나 봅니다."

나꽃녀는 상황이 바뀌는 걸 바라지 않는다. 그녀가 재빨리 설명을 계속했다.

"저 나쁜 놈이 사람을 많이 죽이고, 치료받으러 온 여자들을 납치해서 팔았어요. 사간 놈이 누군지 모르지만, 상황을 보면 그 중에 힘 있는 놈들이 많을 거예요."

"이쪽 동네에는 그런 놈들이 많지."

"교주님 말씀은 그놈들에게서 여자를 찾아서 가족들에게 돌아갈 수 있게 해주란 뜻이세요."

복동구가 나꽃녀의 말을 의심했다.

"너, 교주님 말 한 마디에서 참 많은 걸 알았구나?"

"저야 교주님이랑 쭉 같이 있었으니까요."

복동구가 머릿속으로 생각했다.

'교주님이 그런 뜻으로 말하실 리가 없지. 하지만 분명히 도와주라고 말씀하셨는데, 그건 어떻게 해석해야 하지?'

나꽃녀도 생각했다.

'교주님은 마음이 따뜻한 분이잖아. 분명히 그런 뜻으로 하신 말씀이야.'

복동구가 혹시나 해서 물었다.

"교주님. 지금 꽃녀 이야기가……."

정이산이 대답하지 않고 돌아섰다. 복동구 입장에서야 믿어지지 않지만, 대답으로 충분했다.

복동구가 허리를 직각으로 구부리며 말했다.

"교주님의 명령. 확실히 처리하겠습니다. 단 한 명도 빠뜨리지 않고 모두 찾아오겠습니다."

나꽃녀가 한마디 더했다.

"납치된 여자들이나, 죽은 마을 사람들에 대한 피해보상도 있어야죠. 돈으로는 보상이 다 되지 않겠지만, 그래도 위로금이 있으면 극복하는데 도움이 되잖아요."

복동구는 그것도 정이산의 명령에 포함된 거라고 판단했다.

"확실히 받아내겠습니다."

정이산이 나꽃녀에게 말했다.

"가자."

"네!"

*　　　*　　　*

정이산은 허이령의 집으로 갔다.

나꽃녀가 그 커다란 집을 보며 말했다.

"경호대장 아저씨가 이것도 다 팔아서 나눠주겠죠?"

정이산은 대답하지 않았다. 허이령의 방으로 들어갔다. 화려하고 커다란 방의 구석에 쇠로 만든 금고가 있었다.

나꽃녀가 쪼르르 달려가 금고에 열쇠를 꽂았다. 허이령에게서 빼앗아온 열쇠다.

금고 안에는, 금괴와 돈이 수북했다. 서류도 많았다.

그리고 그 사이에, 작은 족자가 둘둘 말려 있었다.

그녀는 우선 수북하게 쌓인 돈에 손을 댔다. 은전을 딱 한 줌만 집었다.

'여행경비가 필요하잖아. 우리 공자님이 하신 일이 있으니까 조금쯤은 가져갈 자격이 있어. 이 정도는 공자님도 뭐라고

하시지는 않을 거야.'

양심이 살짝 찔렸지만, 눈 질끈 감고 돈을 주머니에 넣었다. 손이 작아서 얼마 되지도 않았다.

나꽃녀는 돈을 겨우 한 줌만 챙겼다. 자기 돈주머니를 닫은 후에 서류 몇 장과 작은 족자를 꺼냈다. 서류에는 지음지체를 구분하는 방법이 적혀 있었다.

정이산은 은전이 아니라 금괴를 보고 있었다. 그런 그의 앞에 나꽃녀가 족자를 펼쳤다.

"교주님. 이건가 봐요. 이게 의뢰한 놈이 줬다는 월광지음지체의 특징이 기록된……."

그녀가 말을 멈추었다.

족자에는 나꽃녀의 모습이 그려져 있었다. 먹과 염료를 가지고 붓으로 그린 그림이라 실물과 똑같지는 않았지만, 쉽게 그녀임을 알아볼 정도로 정교했다.

"이, 이건……. 저네요?"

정이산이 미인도를 들고 자세히 보았다.

"배경이 괜찮군."

미인도의 배경은 아홉 개의 작은 폭포가 이어진, 기다란 폭포였다.

"교주님. 왜 제가 여기……. 아, 제가 아니겠네요. 허이령은 이 그림이 월광지음지체의 특징을 그린 것이라 했으니까요. 헤에. 그래도 참 저랑 닮았어요."

"너일지도."

"예?"

"너무 많이 닮았어."

"아! 단순히 체질의 특징을 그린 것치고는, 저랑 너무 많이 닮았네요. 어쩌면 저를 그린 것일 수도 있겠어요."

나꽃녀가 기대감에 차서 물었다.

"그럼 여기가 제 고향일까요?"

"모르지."

나꽃녀가 실망해서 고개를 살짝 숙였다.

"피."

정이산이 풀이 죽은 그녀를 힐끗 보더니, 배경에 사용된 폭포를 가리키며 말했다.

"이곳에 가보자."

나꽃녀가 다시 기대에 차서 눈을 반짝였다.

"여기가 어디인지 아시는군요?"

"아니."

알 리가 없다. 주도 지방을 떠난 건 이번이 처음이다.

나꽃녀가 양산을 떠나면서 뒤를 돌아보았다. 짧은 시간이지만 허이령을 믿었었다.

'교주님처럼 마음이 따뜻한 사람인 줄 알았는데.'

천마교주 정이산의 근접경호대장 복동구가 사건을 조사하다가 불평했다.

"허이령 그놈 교주님 같은 쌍놈이네."

경호무사가 놀라 말했다.

"대장님. 아무리 그래도 교주님보고 쌍놈은 좀……. 교주님이 아시면 어떻게 하시려고……."

복동구가 펄쩍 뛰었다.

"뭐? 내가 언제! 아, 이게 누구를 죽이려고 누명을 씌워! 너 내 자리가 탐 나냐? 어?"

* * *

허이령이나 공허중은 자기들에게서 여자를 사간 사람의 명단을 가지고 있었다. 한 번 여자를 사간 사람은 또 살 수도 있다는 소리라서 꽤 자세히 관리했다.

복동구는 그 명단을 가지고 상주 지방을 돌아다녔다. 일단 있는 위치만 파악하면 팔려간 여자들을 반드시 구해냈다. 아무도 복동구를 막지 못했다.

부잣집에 첩으로 팔려간 상태에서 구조된 경우는 그나마 상태가 나았다. 개중에는 이러 저리 팔려 다니다가 술집에서 발견되는 경우도 있었다.

어떤 경우라도 반드시 구해냈다. 문제는, 명단에 제대로 기록되지 않은 경우였다.

경호무사가 걱정했다.

"한 명이라도 못 찾아내면 교주님에게 혼날 텐데요. 우리끼리 움직이니까 시간도 오래 걸리고, 찾은 사람보다 못 찾은 사람이 훨씬 더 많습니다. 이걸 어쩌죠?"

복동구가 큰소리를 쳤다.

"걱정 마라."

그는 천마교 본부로 연락을 보냈다.

교주님의 명령으로…….

보내는 문서 첫 번째 줄에 그런 문구를 달았다.

복동구가 부하들에게 큰소리를 쳤다.

"섬에서 애들이 오면 이제 다 찾은 거나 다름없어."

복동구는 팔려간 여자들을 찾으면서, 배상금을 톡톡히 받아냈다.

돈을 주고 사람을 거래한 대가로 금고가 통째로 털려 망해버린 곳도 있었다.

그렇게 회수한 돈은 구해 온 여자들에게 골고루 나눠주었다.

여자들은 진심으로 고마워했다.

"정말 이 은혜를 어떻게 갚아야 할지……."

"평생 잊지 않겠어요."

복동구는 인사를 받을 때마다 기분이 좋아서 웃었다.

"음하하하. 나야 모르는 사이인 그 공자님이 시키는 대로 한 것뿐인데. 음하하하!"

이제 와서 정이산을 모른다고 해봐야 좀 늦었다는 생각이 들었지만, 그래도 안 하는 것보다는 나을 거라는 생각에 그 부분을 조금 크게 말했다.

'마교 놈들 중에 내 얼굴을 아는 것들이 있으니까, 알아서 조심해야지. 교주님에게까지 피해가 가면 나중에 내가 맞아죽지.'

가짜 명의 허이령이 그동안 모은 재산도 모조리 회수해 가짜 전염병으로 피해를 입은 마을들에 보상금으로 사용했다.

처음에는 양산 주민들이 자기들 몫을 요구했다.

"우리도 피해자요!"

복동구의 한마디가 그들의 항의를 잠재웠다.

"당신들은 안 죽었잖아!"

바쁘게 뛰어다녀 대충 일이 정리되었다. 복동구의 선에서 찾을 수 있는 사람들은 다 찾아내서 구했다.

못 찾은 사람들도 포기하지 않았다. 천마교에서 사람 찾는 재주가 뛰어난 무사들이 오고 있다.

복동구가 손을 탁탁 털었다.

"이걸로 교주님이 주신 임무는 대충 완수했다고 봐야지?"

경호무사 중 하나가 물었다.

"그런데 교주님을 또 놓쳤잖습니까?"

복동구가 한숨을 푹 쉬었다.

"에휴. 다시 열심히 찾아봐야지."

*　　　*　　　*

복동구가 정이산을 찾아 양산을 떠나고 나서, 마교의 장로 국방건이 뒤늦게 도착했다. 이백오십여 명의 마교 무사가 몰려오자 사람들이 그들의 눈치를 보았다.

소문을 들은 국방건이 눈살을 찌푸렸다.

"곤란하군."

마두 홍문강이 말했다.

"확실히 이상합니다. 이야기를 들어보면 대마두 복동구가 사람들을 위해서 납치된 여자들을 찾아온 것 같은데……. 혹시 복동구가 아니라 비슷하게 생긴 사람 아닐까요?"

"혹시 허이령의 비밀을 밝혀냈다는 남녀에게 감화라도 된 걸까?"

"그렇게 쉽게 착한 놈이 되면 대마두이겠습니까?"

"하긴."

"어쩌시겠습니까? 이 도시에서 어떻게 된 건지 사정을 좀 더 알아보시겠습니까?"

"아니. 뒤를 쫓는다. 떠난 지 얼마 안 됐다니 곧 잡을 수 있겠지. 자세한 건 잡아놓고 물어보자."

"알겠습니다. 출발하라!"

*　　　*　　　*

마교가 떠나자마자, 무림맹 상주지부 정보당주 고용천이 나타났다.

"그 유명한 명의 허이령이 가짜였다니."

부하가 말했다.

"당주님. 놈들이 쫓는 건 허이령의 정체를 밝혀낸 남자일까요? 아니면……."

"누가 됐든, 적의 적은 이용할 수 있다. 조심해서 쫓자. 들키지 않도록."

"알겠습니다."

# 第九章

나꽃녀는 마차를 몰다가 작은 도시인 청송 외곽에서 적당한 주막을 발견했다. 그녀가 마차를 내리며 말의 목을 쓰다듬었다.

"햇님아. 별님아. 그래. 그래. 맛있는 거 많이 줄게. 여기요. 애들 좀 맡아주세요."

그들은 양산을 떠날 때 허이령에게 넘겼던 마차와 말들을 도로 찾아왔다.

나꽃녀는 공허중의 부하 무사들을 붙잡았을 때도 돈 좀 챙겼다. 주머니가 두둑해지자 통이 커졌다.

그녀가 주막으로 들어가며 말했다.

"애들한테 맛있는 거 팍팍 주세요. 아끼지 말고요. 그리고 우리는 고기! 고기 많이 들어간 거 주세요!"

대박 손님이라고 생각한 주모가 바쁘게 움직였다. 곧바로 푸짐한 음식이 상 위에 잔뜩 차려졌다.

나꽃녀가 뜨뜻한 국물을 한 숟가락 떠서 입에 넣고는 몸을 부르르 떨었다.

"으으으. 이 맛이야. 공자님. 이거 정말 맛있어요."

정이산도 군소리 없이 먹었다.

나꽃녀가 한참 먹다가 옆을 보았다.

꼬마애가 그들이 먹는 걸 구경하고 있었다.

주머니가 든든하니 먹는 것을 나눠줄 여유가 생겼다.

나꽃녀가 물었다.

"얘. 좀 먹을래?"

꼬마가 고개를 꾸벅 숙여 인사했다.

"고맙습니다."

고기산적 하나를 집어 맛나게 먹고는 정이산을 다시 물끄러미 바라보았다.

"왜? 우리 공자님 얼굴에 뭐 묻었어?"

꼬마가 정이산에게서 눈을 떼지 못하고 물었다.

"혹시 성자님이세요?"

정이산이 대답했다.

"아니."

나꽃녀가 손뼉을 쳤다.

"어머. 이 근처에 성자님이 계셔? 어떤 분이신데?"

아이가 자기 일처럼 자랑했다.

"음. 성자님은 엄청 예쁜 언니랑 같이 다니시는데, 정말 힘이 세고요, 너무너무 착하고 다정한 분이시라고 했어요. 남쪽에서부터 올라오고 계시대요. 우리를 구원해 주실 거라고 했어요."

"와아. 정말 멋진 분이다. 누구한테 들었어?"

"우리 엄마가요. 그런데 정말 성자님 아니세요?"

"호호. 얘. 우리 공자님은 그런 분 아니야."

꼬마가 정이산을 스윽 보았다.

"하긴. 언니가 너무 예뻐서 같이 다니는 이 아저씨가 성자님인 줄 안 거예요. 다시 보니까 너무 약해 보여요. 그러니까 엄청 힘이 세시다는 성자님은 절대로 아니네요."

꼬마가 고기산적에 손을 내밀었다.

"이거 하나 더 먹어도 되요?"

나꽃녀가 젓가락으로 그 고기산적을 꾹 눌렀다.

"누가 약해 보인다고?"

꼬마가 즉시 말을 바꾸었다.

"성자님은 아니시지만 정말 좋은 분 같아요. 예쁜 언니랑 너무 잘 어울려요."

나꽃녀가 그 말을 듣고서 고기산적에서 젓가락을 뗐다. 맛있게 먹는 꼬마의 머리를 쓰다듬었다.

"아이. 착해라. 이거 더 시켜줄까?"

*　　*　　*

꼬마의 이름은 고소아였다. 고소아는 주로 고기가 들어 있는 반찬만 골라 먹었다.

나꽃녀가 그걸 보다가 물었다.

"부모님은 뭐하시니?"

하도 잘 먹어서, 혹시 고아가 아닐까 싶어 물어본 질문이다.

고소아가 기름 묻은 손을 옷에 닦았다.

"우리 아빠는 지도 만드세요."

"지도?"

"예. 우리 아빠 지도는 정말 최고로 좋아서요. 먼 데서도 사러 와요."

나꽃녀가 고소아를 도와주고 싶은 마음이 들었다.

"공자님. 우리도 지도 한 장 있어야 하지 않아요?"

"있다."

오면서 장만한 간단한 지도가 있기는 있다.

사실 그걸 지도라고 하기는 어렵다.

그 지도에서 천마교가 있는 주도 지방은 바다 위에 덩그러니 그려진 게 전부다. 다른 여덟 지방도 대충 크기와 위치만 알아보는 게 고작이다. 지도에는 정말 큰 도시나 유명한 산맥 정도만 그려져 있어서, 그 방향으로 가면 그게 있다는 정도밖에 모른다.

나꽃녀가 반항했다.

"그건 지도가 아니라 그냥 그림이잖아요."

"지도는 원래 그렇다."

고소아도 자랑했다.

"우리 아빠가 만드시는 지도는 정말 대단해요. 아빠 지도 보면 없는 게 없어요."

정이산은 믿지 않았다.

"네 나이 때는 다 그렇게 보인다."

고소아의 얼굴에 불만이 슬슬 피어오르기 시작했다.

"우리 아빠 꺼 정말 대단해요! 최고예요!"

"아, 그래."

"아 그래가 아니잖아요!"

나꽃녀가 얼른 나서서 고소아를 달랬다.

"그럼. 알아. 우리 공자님이 원래 좀 까칠해서 그래. 마음 넓은 네가 이해해. 음식 좀 싸줄까?"

고소아가 그때서야 조그마한 몸뚱이를 으쓱거렸다.

"마음 넓은 제가 참을게요. 우리 엄마가 여자는 마음이 넓어야 아빠 같은 사람을 받아줄 수 있다고 했어요."

나꽃녀가 고개를 갸웃거렸다. 어쩐지 칭찬 같지가 않았다.

그래도 겨우 달래놓은 걸 망치기는 싫었다.

"그럼. 그럼. 우리 소아는 얼굴이 예뻐서 그런지 마음도 참 넓구나."

"그런 소리 많이 들어요."

* * *

정이산과 나꽃녀는 꼬맹이 고소아를 따라 그녀의 아버지를 찾아갔다.

고대호의 작업실에는 지도가 몇 장 걸려 있었다.

나꽃녀가 그걸 보고 감탄했다.

"와아. 지도가 엄청 자세해요!"

정이산은 시큰둥했다.

"이름이 지워졌군."

그 지도들은 다른 큰 것의 일부분이었다. 게다가 도시나 산 이름이 지워진 상태였다.

고대호가 설명했다.

"견본이라서 그렇습니다. 자세히 적어놓으면 몰래 뜯어가는 사람들이 있어서요."

나꽃녀는 이제 이런 일이 새삼스럽지도 않다. 육지에 온 후로 삭막한 모습을 하도 많이 보아서, 도시 이름을 먹으로 지운 정도는 별로 매정해 보이지도 않았다.

"다 이해해요. 세상이 험하니까 그럴 수도 있죠."

고대호가 보충설명을 했다.

"그건 만들다 실패한 것들이라 그걸 뜯어 가면 길을 잃는 수가 있으니까요."

"어머. 그래서였어요? 제가 오해를……."

"겸사겸사지요."

"예? 아, 예."

천마교주 정이산이 지도를 보며 헛기침을 했다.

"커험."

나꽃녀가 알아듣고 본론을 꺼냈다.

"저희가 지도를 한 장 사고 싶은데요."

"어느 지역 지도가 필요합니까?"

"전국지도요."

간만의 큰 손님이다. 고대호의 목소리가 조금 더 친절해졌다.

"여덟 냥 오십 푼입니다."

나꽃녀는 깜짝 놀랐다.

"예? 뭐가 그리 비싸요?"

"자세한 지도는 원래 비쌉니다. 한 냥짜리 간단한 것도 있습니다만?"

"그건 우리도 있어요. 그리고 오십 푼은 또 뭐예요?"

"한 지방에 한 냥. 주도를 천마교가 차지한 후로 그곳 지도는 갱신되지 않았지만 산과 강이 어디로 가는 건 아니니까 절충해서 거긴 반 냥. 그래서 여덟 냥 오십 푼입니다."

"좀 깎아주시……."

"안 됩니다."

나꽃녀가 가진 돈을 계산해 보았다.

저번에 허이령의 부하들을 털 때 몇 푼 챙겨왔지만 그동안 잘 먹어서 많이 남지는 않았다. 그래도 열 냥은 넘었지만 그걸 털어 지도를 살 순 없다.

'공자님은 식사 때마다 좋은 거 드셔야지. 덤으로 나도.'

"저기, 그러면 우리가 가려는 지방 지도만 살게요. 그럼 한 냥이죠?"

"원래는 더 받아야 하지만, 우리 딸이 데려왔으니 한 냥만 받겠습니다. 어느 지역입니까?"

"모르는데요?"

나꽃녀는 말을 하고 나서 자기도 놀라 표정이 굳었다.

'어쩐지, 나, 교주님 말투를 닮는 것 같아.'

고대호가 인상을 찌푸렸다.

"지금 나를 놀리는 겁니까?"

나꽃녀가 두루마리를 펼쳤다.

"사실 우리는 여기를 찾아가려고 그러는 건데요. 여기가 어딘지 모르……."

고대호가 그녀의 말을 끊었다.

"구곡폭포요?"

정이산이 고대호의 앞에 나타났다.

"아는군."

고대호는 깜짝 놀랐다. 저만치에 있던 정이산이 어느새 자기 앞에 서 있었다.

'다가오는 걸 내가 미처 못 봤나?'

"그, 그렇습니다."

"확실한가?"

"딱 보니까 원도 지방에 있는 구곡폭포입니다."

나꽃녀가 원도 지방이라는 말에 놀란 소리를 냈다.

"아!"

얼마 전에 정이산이 나꽃녀에 대한 정보가 원도 지방에 있다는 말을 했다. 그걸 기억해냈다.

그녀가 양손을 맞잡고 감탄했다.

"역시 공자님은 대단하세요. 원도 지방으로 가면 제 고향에 대한 단서가 있다고 하시더니. 뭔가 알고 그러신 거군요?"

몰랐다.

정이산이 뻔뻔하게 대답했다.

"당연하지."

말이 길어지면 빈틈이 드러날까봐 고대호에게 물었다.

"가본 적 있나?"

고대호가 설명했다.

“예전에 지도 자료 수집할 때 여기 가본 적이 있습니다. 여기가 다른 지도에는 잘 안 나오는 곳이라 차별화를 하고 싶었거든요.”

“여기가 포함된 지도를 사겠다.”

고대호가 손을 내저었다.

“거기는 위험한 곳입니다. 저는 먼발치에서 보기만 했는데도 죽을 뻔했습니다. 무공 고수가 거기 들어갔다가 소식이 끊긴 적도 있습니다.”

나꽃녀가 큰소리를 쳤다.

“우리 공자님은 엄청 세니까 괜찮아요.”

고대호가 정이산을 쳐다보았다.

“정말……. 셉니까?”

잘 믿어지지 않는다는 투였다.

대답은 짧았다.

“어.”

너무 짧아서, 고대호가 혹시나 하는 기대를 가지게 했다.

그가 잠시 생각하다가 제안했다.

“제 부탁 하나만 들어주시면, 전국 상세 지도를 드리겠습니다. 물론 구곡폭포도 표시된 지도입니다.”

“싫다.”

이번에도 대답이 짧았다.

고대호는 당황했다.

"드, 들어보지도 않고 싫다니요."

나꽃녀는 지도가 필요하다. 그녀는 정이산을 움직이려면 이렇게 해서는 안 된다는 것도 안다.

그녀가 재빨리 대화에 끼어들었다.

"무슨 일인지 이야기나 해보세요. 들어는 볼게요."

정이산이 만족하라고 단서까지 달았다.

"꼭 들어준다는 건 아니고요."

고대호가 잠시 망설이다가 말했다.

"제 여동생을 구해 주십시오."

"어머. 여동생이 납치됐어요? 이런 나쁜 놈들. 어디예요? 우리 공자님이 또 불의를 보면 못 참는 좋은 분……."

"납치된 건 아닙니다만……."

"예?"

"질이 나쁜 놈들과 어울려 다닙니다. 못하게 막으려고 해도, 이제 제 말을 듣지 않습니다. 어렸을 때는 참 말을 잘 듣고 귀엽던 아이인데, 잠깐 방황하는 건지……."

"아아. 별거 아니네요."

나꽃녀는 간단하게 생각했다.

"걱정 마세요. 금방 잡아올게요."

"패거리들이 놓아주지 않을 겁니다."

"걱정 마시라니까요."

나꽃녀는 큰소리를 펑펑 쳤다.

"이건 우리 공자님이 나서실 필요도 없는 일이네요. 제가 해결할게요."

그녀는 얼마 전에 무사 한 명의 손목을 부러뜨린 적이 있다.

자기가 힘이 세다는 건 이미 알고 있다.

그 두 가지를 더해서, 자신의 전투력을 평가했다.

'동네 건달 몇 명쯤은 내 손에서 처리할 수 있을 거야. 나쁜 놈들 혼내주면 여덟 냥 오십 푼짜리 지도가 공짜로 들어오잖아. 이건 꼭 해야 해.'

*　　*　　*

고대호의 여동생 고이령을 찾는 건 어렵지 않았다.

그녀는 나름 유명인이다. 어릴 때는 깜찍한 외모로 도시 사람들의 귀여움을 받았다.

그러던 그녀가 지금은 건들거리기로 유명했다. 그녀가 어디 있는지는 아는 사람이 많았다.

나꽃녀가 시장 한쪽 골목 구석에서 고이령을 찾아냈다.

"네가 고이령이지?"

고이령은 얼굴에 진한 화장을 덕지덕지 한 채 나꽃녀를 삐딱하게 쳐다보았다.

"그런데? 넌 뭐냐?"

"네 오빠가 보낸 사람."

고이령이 나꽃녀를 위아래로 훑어보았다.

'예쁘네.'

시샘이 더해져 말이 거칠게 나왔다.

"우리 오빠랑 바람났어? 오빠 능력 좋네."

나꽃녀가 고이령의 손을 탁 잡았다.

"가자. 네 오빠가 너 데려오래."

고이령이 손을 힘껏 잡아 뺐다.

"놔!"

빠지지 않았다. 애초에 힘에서 상대가 안 된다.

"놔, 이년아!"

"가자!"

질질 끌고 갔다.

고이령이 욕을 했다.

"이 힘만 무식하게 센 년아!"

"너보다 얼굴도 예뻐!"

고이령은 순간적으로 말문이 막혔다.

그녀도 어디 가서 빠지는 외모는 아니다. 오히려 지나가는 남자들이 한 번씩 돌아보는 미녀다.

하지만 나꽃녀에 비하면 많이 떨어졌다.

나꽃녀는 기분이 좋았다.

'아, 돈 벌기 쉽다.'

그렇게 쉬울 리가 없다. 얼마 가지도 않았는데 무사 몇 명이 그들의 앞을 막았다.

"네년! 감히 이령이를 어디로 데려가는 거냐?"

나꽃녀는 깜짝 놀랐다.

'건달이 아니네?'

고대호의 말을 듣고 당연히 고이령이 건달들과 어울린다고 생각했다.

하지만 눈앞을 막고 있는 건 정식 무사들이다. 그녀에게 그 정도 알아볼 눈은 있다.

"아니, 그게……. 이 아가씨 오빠가 데려오라고 하셔서……."

무사들이 나꽃녀를 보고 입술을 핥았다.

"호오. 우리 도시에 이런 미녀가 있었나?"

나꽃녀가 얼른 고이령의 손목을 놓았다.

고이령이 자기 손목을 문질렀다. 멍이라도 들 듯이 빨갰다.

나꽃녀가 짧게 말했다.

"전 바빠서 이만."

그러고는 사람들 틈으로 도망쳤다.

무사들 중 우두머리가 부하들에게 턱짓을 했다.

"저런 게 바로 보물이다. 보물. 다치지 않게 잘 잡아서 본부로 데려와라."

"옛!"

무사들이 나꽃녀를 쫓아가고 나자, 우두머리가 고이령에게 제안했다.

"우리는 본부에 가서 기다리자."

고이령이 기가 살아서 씩씩댔다.

"그년 잡아오면 제 손으로 혼내줄 거예요."

우두머리가 실실 웃었다.

"그래. 그래."

*　　*　　*

나꽃녀는 얼마 도망치지도 못했다.

무사들이 그녀의 앞을 막았다.

"으흐흐. 이거 정말 죽이는 년이구나. 오늘 잘하면 우리 호강하겠……. 켁!"

무사가 앞으로 고꾸라졌다.

나꽃녀가 숨을 할딱거리다가 말했다.

"공자님!"

정이산이었다.

무사 하나가 쓰러지고 셋이 남았다. 셋이 놀라서 칼을 뽑으려고 했다.

"이 새……. 크악!"

다 뽑지도 못하고, 정이산의 손에 머리통을 한 대씩 맞았다. 가볍게 휘두르는 손에 맞을 때마다 몸이 뱅글뱅글 돌며 날아가 떨어졌다.

나꽃녀가 반가운 표정으로 물었다.

"공자님. 혹시 제가 걱정되어서 따라오신 거예요?"

"아니."

"헤헤. 알아요."

나꽃녀가 고개를 돌렸다. 고이령은 이미 보이지 않았다.

"그 지도 아저씨. 꼭 건달이랑 어울리는 것처럼 말하더니, 무사잖아요. 어디 무사일까요?"

"마교다."

"예?"

정이산이 기절한 무사 하나의 옷을 발로 툭툭 문질렀다. 발에 닿은 부분이 순식간에 찢어져나갔다. 찢어진 옷에서 소지품들이 굴러 나왔다.

그 중에, 마교의 문장이 찍힌 것이 있었다.

나꽃녀가 궁금해서 물었다.

"어떻게 아셨어요?"

"너도 봤잖아."

"뭘요?"

"칼 뽑는 거."

나꽃녀가 쓰러진 무사의 칼을 뽑아보았다.

아무런 표시도 없었다.

"이걸 보고요?"

"뽑는 동작."

"마교 무공도 아세요?"

"저번에 만나봤잖아."

나꽃녀는 무공에 대한 지식을 기억하지 못한다. 대신에 정이산의 무공이 높다는 건 안다.

"아. 그때 마공에 대한 특징을 알아보신 거군요? 고수쯤 되면 한번 쓱 보기만 해도 그런 게 되나 보죠?"

그럴 리가 없다. 정이산이니까 된다.

"교주님. 그런데 그 아가씨가 마교랑 놀고 있으면, 큰일이잖아요. 마교 놈들, 아주 나쁜 놈들인데."

"자신의 선택이다."

"그래도……."

* * *

고이령이 씩씩댔다.

"왜 아직도 안 잡아오는 거예요?"

작은 도시인 청송에는 마교의 지소가 있다. 지소에는 오십여 명의 마교 무사들이 배치되었다.

청송에 자리를 잡은 무공 문파 중에는 오십 명보다 많은 무사를 거느린 곳도 있다.

하지만 그런 문파도 이곳의 눈치를 보았다. 이곳에 있는 오십의 무사만 해도 만만치 않은 전력이지만, 마교라는 거대 조직의 일부분이라는 게 더 중요했다. 아무리 행패를 부려도 다른 문파에서는 감히 건드리지 못했다.

마교 상주지부 청송지소장은 적어도 이 도시에서만은 나는 새도 떨어뜨린다는 권력자다.

그가 흥분한 얼굴로 나타났다.

"곧 귀빈이 오신다!"

무사들이 모두 소장을 돌아보았다.

"귀빈이시라면, 얼마나……."

"국방건 장로님이시다."

"헉! 그분은 중앙의 장로님이시잖습니까?"

청송지소장이 웃음을 터트렸다.

"하하하. 그런 귀한 분이 오다니. 드디어 기회를 잡은 거야!"

고이령이 나섰다.

"그분이 오시면 저도 인사를 시켜주세요."

"인사 정도겠냐? 네가 잘 모셔야지."

고이령은 그 말의 의미를 알아듣지 못했다.

"예?"

소장이 부하들에게 명령했다.

"이령이를 깨끗이 씻기고 좋은 옷을 입혀서 대기시켜라. 그분께서 오시면 마음에 들어 하시도록."

고이령이 깜짝 놀라 뒤로 주춤주춤 물러났다.

"무, 무슨 소리예요? 그게?"

"무슨 소리는. 네가 그분이 흡족하실 정도로 밤 시중을 잘 들어야 내가 승진할 거 아니냐?"

고이령의 얼굴이 하얗게 질렸다.

"나, 나보고 지금……. 못해욧!"

"흐음. 못한다라……."

"그래요. 못해욧! 지금 사람을 뭐로 보는 거예욧!"

지소장이 부하들에게 손짓했다.

"생각해 보니, 장로님 앞에서도 저렇게 암코양이처럼 굴면 내가 큰일 나겠구나. 말을 잘 들을 때까지 때려라."

부하들이 실실 웃었다.

"그냥 때리기만 합니까?"

"이놈들아. 흠집 나지 않게 잘 때려라. 혹시 딴 생각 품고 덮치는 놈이 있으면 내가 목을 베어 버리겠다."

"알겠습니다. 그럼 장로님이 가시고 나면……."

"내가 먼저 즐기다 넘겨주마."

"역시 소장님이십니다. 그동안 이령이를 보면서 어서 그런 날이 오기만 기다렸습니다."

"하하하. 얼마 안 남았다."

고이령은 충격을 받았다. 그녀가 믿고 있던 것이 통째로 뒤집어졌다.

"무, 무슨……. 그럼 그동안 날……."

"장로님이 네 첫 남자가 되어야 감동하시겠지. 그래서 일부러 손대지 않았다. 그게 아니었으면 다른 년들처럼 넌 벌써 우리 장난감이 됐다가 팔려갔을 거다."

고이령은 이미 더 놀랄 일이 없을 거라고 생각했다. 하지만 소장의 말에 제대로 서 있지도 못하고 비틀거렸다.

"애들이……. 상주지부에 파견 간 거라더니……. 그게 그러면……."

이곳에는 원래 그녀와 함께 놀던 여자애들이 더 있었다. 지금은 그녀 혼자뿐이다. 친구들이 어떻게 된 건지 깨달았다.

소리를 빽 질렀다.

"이 나쁜 놈들아! 용서하지 않을 거야!"

"거 시끄럽군."

무사 하나가 그녀의 따귀를 때렸다.

"꺄악!"

그녀가 비명을 질렀다.

소장이 한마디 했다.

"어허. 이놈아. 상처 안 나게 조심하라니까. 특히 얼굴은 손대지 마라."

"예. 걱정 마십시오. 어디 한두 번 해보는 일입니까?"

무사 몇 명이 천으로 손을 둘둘 만 후에 그녀를 때리기 시작했다.

“이렇게 하고 잘 골라 때리면 멍은 조금 들겠지만 약을 바르면 금방 풀어질 겁니다.”

고이령은 땅바닥에 쓰러져 웅크린 채 맞았다.

“아악!”

아프고 서러워서 눈물이 뚝뚝 떨어졌다.

그리고 두려웠다.

‘이대로 가면, 난…….’

최악의 미래가 너무 확실히 예상됐다. 그건 너무 싫었지만 빠져나갈 방법이 없었다.

이제 와서, 그동안의 행동을 후회했다.

‘오빠 말을 들을걸. 오빠.’

소장의 웃음소리가 들렸다.

“으하하. 돈과 함께 너를 바치면 장로님이 분명히 날 잘 봐주실 거다. 뭐하냐? 더 쳐라! 더 쳐!”

매질이 더 심해졌다.

이러다 맞아 죽을 것 같았다.

살고 싶었다.

“살려주세요!”

소장의 대답은 그녀를 좌절에 빠뜨렸다.

“이거 구경만 하려고 했더니 후끈 달아오르는구만. 비켜라. 이제부터 내가 직접 때리면서 즐겨야겠……. 컥!”

주먹질이 멎었다.

고이령은 바들바들 떨었다. 이번에는 발길질이라도 날아올까봐 몸을 더 웅크렸다.

어깨 위로 보드라운 손이 얹어졌다.

고이령은 움찔 떨었다.

어깨에 얹힌 손에서 뭔지 모를 편안함이 느껴졌다. 잠시 웅크리고 있다가 고개를 살며시 들었다.

그녀의 앞에 나꽃녀가 쪼그리고 앉아 있었다.

나꽃녀가 방긋 웃었다.

"정신 좀 차렸어?"

고이령이 주변을 급히 둘러보았다.

정이산이 소장의 목을 잡고 위로 들어올린 채 그녀 쪽을 보고 있었다.

마교의 무사들은 바짝 긴장한 채 칼을 뽑고 그를 포위했다.

고이령이 입을 뻐끔거렸다.

"아, 저……."

"저분이 우리 공자님이셔. 다 알아서 하실 거야. 엄청 세시거든."

"여긴 어떻……."

"여자가 마교 놈들하고 얽혀서 좋은 꼴 볼 리는 없잖아. 구해 주러 왔지."

구해 준다는 말에 눈에서 눈물이 왈칵 쏟아졌다.

"고, 고맙……."

"네 오빠에게도 고맙다고 해."

고이령이 고개를 위아래로 열심히 흔들었다.

걱정도 들었다.

"마교는 세요. 도망쳐야 해요."

"우리 공자님이 더 세. 저놈들이 도망쳐야지."

정이산이 소장의 목을 잡고 흔들었다.

"너로 인해 너무 많은 사람이 눈물을 흘렸구나. 네 죄는 너무 크구나. 네가 마교라서가 아니라, 너 자신이 죄악이로구나."

소장이 목이 잡힌 채 사정했다.

"자, 잠깐만 놓아주시면 제가 사정을 설명 드리겠습니다. 부디……."

정이산이 손을 놓았다.

소장이 뒤로 후다닥 물러섰다.

동시에 소리를 질렀다.

"이 새끼 지금 혼자다! 죽여!"

마교 청송지소에 소속된 무사의 수는 오십여 명이다. 그중 이십여 명이 이곳에 있었다.

그들이 일제히 정이산에게 칼을 휘두르며 달려들었다.

"죽여라!"

고이령이 비명을 질렀다.

"아악! 안 돼!"

비명 속에, 정이산의 목숨 걱정과, 그가 죽으면 그녀도 다시 나락에 빠질 거라는 두려움이 섞였다.

무공을 거의 모르는 그녀의 눈으로는 전투의 과정을 구분할 수 없었다. 그저, 스무 명의 마교 무사가 정이산에게 덤벼들었다가, 동시에 튕겨 나오는 것처럼 보였다.

비명도 없었다. 튕겨 나온 스무 명이 그대로 뒤로 나자빠졌다.

고이령은 상황을 이해하지 못했다. 그녀의 상식을 넘어서는 장면이다.

정이산이 소장의 목을 다시 잡을 때에서야, 어떻게 된 건지 깨달았다.

"이, 이겼어요?"

나꽃녀가 대답했다.

"당연하지."

"사, 사람이 어떻게 저렇게 강해요?"

나꽃녀가 자랑했다.

"세다고 그랬잖아."

소장은 너무 놀라서 제대로 말도 하지 못했다.

"누, 누구신……. 사, 살려주세……."

"네가 죽인 사람들이 그리 사정했을 때, 너는 그들을 살려주었느냐?"

"컥!"

손을 놓았다. 지소장의 몸이 무너지듯 쓰러졌다.

정이산이 손을 옷에 쓱쓱 닦으며 돌아섰다.

"가자."

나꽃녀가 얼른 따라붙었다.

"네."

고이령은 정신이 없었다. 정이산이 멀어지는 게 보였다.

혼자 남는 건 싫었다. 두려웠다.

정이산의 등이 믿음직해 보였다.

이 시체구덩이에 있고 싶지도 않았다.

일어섰다. 다리가 후들후들 떨렸다. 떨어지지 않는 걸음을 억지로 떼며 정이산을 쫓아갔다.

"가, 같이 가요. 좀 천천히……."

그녀는 나꽃녀가 예전에 했던 말실수를 했다. 당연히, 정이산의 걸음이 빨라졌다.

*　　　*　　　*

정이산이 떠나고 나서, 나가 있던 마교 무사들이 돌아왔다.

그들은 시체들을 보고 소리를 질러댔다.

"으헉! 이게 뭐야!"

"무림맹의 습격이다아!"

충격에 빠져 소리만 지르는 사람부터 공포에 질려 덜덜 떠는 자까지 반응은 다양했다.

그들은 마교라는 강력한 배경을 가진 자들이다. 언제나 배경만 믿고 설쳤다. 가끔 하는 걱정이라면 무림맹과의 충돌 정도였다. 무림맹과 마교의 자잘한 분쟁은 꽤 자주 일어난다.

그래서 이 상황을 무림맹의 습격이라고 생각했다.

마교 상주지부 청송지소의 부소장이 정신을 조금이나마 차리고 명령을 내렸다.

"당장 보고부터 날려. 전서구 날리고 전령 보내!"

"우리는 어떻게 합니까?"

"몇 명 나가서 주변을 감시해! 또 습격할지 몰라!"

"여기 계속 있는 건 위험하지 않겠습니까?"

스물이 남아 있다가 도망도 치지 못하고 전멸했다. 무사 서른 명 정도로는 안심이 되지 않는다.

부소장이 목젖이 울리도록 침을 꿀꺽 삼켰다.

"그렇지? 일단 어디 산에라도 들어가서 숨어 있을까?"

"뒤쪽 산이 더 험하니까 그리로 가시지요?"

"그래. 일단 짐부터 싸자. 돈 되는 거랑 먹을거리부터 모아라. 서둘러. 놈들이 언제 쳐들어올지 모른다."

* * *

고이령이 지도 가게 앞에서 안쪽 눈치만 살살 보았다.

가게에서 나꽃녀가 먼저 나왔다. 그 뒤를 고대호가 따라왔다.

고이령이 머뭇거렸다.

"저, 저기……. 오빠……."

그동안 막나간 걸 후회했다. 자기가 틀렸다는 것도 깨달았다. 뉘우쳤다. 창피가 뭔지 알게 되자 면목이 없었다.

고대호가 부드러운 수건을 꺼내 고이령의 얼굴을 닦아주었다.

"화장이 많이 번졌구나."

고이령의 표정이 환해졌다.

"오빠."

눈에서 눈물도 글썽였다.

"들어가자. 집사람이 고기산적을 만들고 있다."

고기산적은 고이령이 제일 좋아하는 음식이다.

"응!"

뒤돌아서는 고대호의 팔을 나꽃녀가 턱 잡았다.

"잠깐만요. 우리 계산은 제대로 해야죠."

"계산이라니요?"

"그놈들 건달이 아니잖아요. 마교잖아요."

고대호가 멈칫했다.

"거, 건달이라고 한 적 없습니다만……."

"오해할 만하게 말했잖아요! 그것 때문에 내가 얼마나 놀란 줄 알아요? 마교면 마교라고 말해야죠!"

고대호가 고개를 숙였다.

"죄송합니다. 마교라고 하면 부탁을 들어주시지 않을 것 같아서……. 어차피 마교와 충돌할 상황이 되면 손 떼실 거라고 생각했습니다. 어떻게 부딪치지 않고 조용히 처리하실 방법이 있지 않을까 해서 부탁드린 건데, 잘 되서 다행입니다."

나꽃녀의 눈꼬리가 올라갔다.

"몰래요? 부딪치지 않고 조용히?"

고대호는 조금 전에 마교 청송지소에서 무슨 일이 일어났는지 알지 못했다.

"예. 고맙습니다."

고이령이 고대호의 소매를 당겼다.

"오빠. 그게……."

"응? 왜?"

"아니야. 나중에 이야기할게."

나꽃녀가 고대호에게 항의했다.

"지금 그걸 말이라고……."

정이산이 끼어들었다.

"지도."

나꽃녀가 자기 항의는 일단 접고 통역했다.

"전국 지도랑, 구곡폭포가 있는 지방의 상세지도를 주세요. 그 외에 필요한 지도 있으면 다 줘요! 구곡폭포와 관련된 이야기도 아는 게 있으면 다 해주고요."

"물론입니다. 당연히 드려야죠. 그런데 지도를 새로 그리려면 시간이 조금 걸리니 이삼 일 정도만 기다려 주시겠습니까? 원본은 저도 가지고 있어야 하는지라……."

"알았어요. 그럼 그동안 잘 숙박비도 줘요. 우리 많이 먹으니까 식비도 넉넉히 내놔요!"

# 第十章

마교 상주지부 청송지소의 부소장이 움직이기 편한 간단한 차림으로 말했다.

"준비 끝났나?"

부소장을 제외한 무사들은 모두 등짐을 잔뜩 지었다.

"돈은 물론이고 들고 갈 수 있는 비싼 건 전부 챙겼습니다."

"쌀이랑 마른고기도 가게들을 털어서 모아왔습니다."

"이불, 천막재료, 삽! 곡괭이. 없는 게 없습니다!"

부소장은 만족했다.

"좋아. 이령이가 없는 게 아쉽지만, 여자야 분위기 봐서 구할 수 있겠지. 내려오기 어려우면 화전민 마을이라도 털면 되니까. 모든 준비가 끝났으면, 이제 출발을 하……."

청송지소의 대문이 벌컥 열렸다.

마교 무사들이 깜짝 놀라 칼을 뽑았다.

"무림맹의 습격이다아!"

마두 홍문강이 문으로 들어오며 호통을 쳤다.

"무엄하다! 국방건 장로님의 행차시다!"

마교 청송지소 무사들이 가슴을 쓸어내렸다.

"아, 다행이다."

"국 장로님은 중앙에서도 이름이 높으신 엄청난 고수이시니까, 이제 안심해도 되겠다."

마교 상주지부의 무사들이 마당으로 우르르 들어와 좌우로 늘어섰다.

마교 장로 국방건이 뒷짐을 지고 들어섰다.

"피 냄새가 나는군."

부소장이 얼른 국방건 앞으로 달려가 허리를 직각으로 숙였다.

"국방건 장로님. 어서 오십시오. 예정보다 빨리 오셨습니다."

"일정을 조금 서둘렀다. 그런데 이게 무슨 일이냐?"

부소장이 사정을 설명했다.

"이게 다 무림맹 놈들 때문입니다. 저희가 돌아와 보니 이미 싸움은 끝난 후라……."

아는 게 없으니 오래 설명할 게 없다. 그래도 입에 침을 튀기며 이야기했다.

국방건이 눈살을 찌푸렸다.

"그래서 도망친다?"

부소장이 바짝 긴장했다.

"도, 도망이 아니라, 지원군이 올 때까지 잠시 작전상 후퇴를 하던 중입니다!"

"후퇴를 하던 중이다?"

"예. 평소 열심히 훈련한 대로 철저히 준비했습니다."

"시체는 묻어주지도 않고?"

"예?"

부소장이 식은땀을 흘렸다. 도망칠 준비를 하는데 바빠서 동료들의 시체는 아무도 신경 쓰지 않았다.

"아, 저, 저건……."

국방건의 표정이 조금 풀어졌다.

"급하면 못 묻을 수도 있지. 그건 죄가 아니야."

부소장의 표정이 환해졌다.

"예. 바로 그겁니다. 저희가 좀 급하게 이동하려다가 그랬습니다. 사정이 좋아지면 돌아와서 묻어주려고 했……."

국방건이 칼을 잡았다.

무사들은 칼날이 뽑히는 걸 보지도 못했다. 그저 부소장의 몸에 흰 선이 그어지는 것만 보았다.

"커, 컥!"

부소장은 비명도 제대로 못 지르고 죽었다.

국방건이 칼을 옆으로 늘어뜨렸다. 무사 하나가 얼른 달려와 수건으로 칼날의 피를 닦았다.

"죄는, 적이 무서워서 급하게 도망치는 게 죄다. 우리 교의 체면이 있지. 몇 놈 죽었다고 도망치려고 짐을 싸는 꼴 하고는."

청송지소 무사들은 바짝 긴장했다.

그들은 마교의 무사다. 마교의 방식을 잘 안다. 국방건의 감정 상태에 따라 부소장의 목숨 하나로는 부족할 수도 있다.

국방건이 칼을 칼집에 넣었다. 그걸 본 청송지소 무사들은 속으로 안도의 한숨을 쉬었다.

'살았다.'

국방건이 이십여 구의 시체를 천천히 둘러보았다. 버려진 지 여러 시간이 흘러 상태가 조금씩 나빠졌지만, 상처의 모양을 살피는 데는 불편이 없었다.

"흐음. 목격자는 없다 그건가?"

부소장 다음 가는 간부인 청송지소 무사대장이 곁을 따라다니며 굽실거렸다.

"죄송합니다. 평소에도 이 도시 놈들은 이쪽으로 잘 안 오는지라……."

"상당한 고수들이 나섰군. 한 명이 아니겠어."

"저희도 그렇게 생각합니다. 순식간에 당한 것으로 보아 여러 명이 습격한 듯합니다."

바닥에는 발자국이 너무 많았다. 정이산이 이들을 처리하기 전에도 많았다. 그 후로도 마교 무사들이 짐을 싼다며 돌아다녀 피 묻은 발자국이 가득했다.

국방건이 청송지소장의 시체를 보았다.

"이 시체만 목을 부러뜨려 죽였군. 얼마 전에도 이렇게 죽은 시체가 있었지."

"그럼 그 시체도 무림맹에게 당했을 겁니다."

"아니. 이건 복동구의 짓이다."

무사대장이 깜짝 놀라 외쳤다.

"헉! 그 유명한 대마두 복동구 말입니까?"

곧바로, 자기가 너무 놀라는 모습을 보이면 그게 국방건에게 거슬리지 않을까 걱정했다.

그가 일부러 목소리까지 다듬으며 물었다.

"그 대마두가 왜 소장을 죽였을까요? 혹시 무슨 원한이라도……."

"다른 놈은 흔적이 없어서 대신 복동구를 추적하다가 여기까지 왔다. 잘하면 놈이 아직 여기 있겠어."

국방건이 자리에서 일어났다.

"놈을 찾아야겠는데……."

청송지소 무사대장이 손뼉을 딱 쳤다.

"아, 혹시……."

"아는 게 있나?"

"장로님께 상납하려고 데리고 있던 여자가 있는데, 그게 없어졌습니다. 그게 뭔가 본 게 있을지 모릅니다."

국방건이 호통을 쳤다.

"그 소리를 왜 이제 하나? 당장 데려와!"

"예, 옛!"

* * *

정이산과 나꽃녀는 여관을 빌려 짐을 풀고 마차를 맡겼다. 밥도 배부르게 먹고 찻집에서 차까지 한잔 마셨다. 나꽃녀가 수다를 떨었다.

"지금쯤이면 그 지도 아저씨가 주기로 한 돈 준비를 다 했을 거예요. 구곡폭포에 대한 이야기도 어서 듣고 싶어요. 어쩌면 거기가 제 고향일지도 모르잖아요. 아, 거기 가서 기억이 돌아왔으면 좋겠어요."

"실망할지도."

"예? 뭘요?"

"넌, 평범하지 않아."

그녀의 몸에 누군가 인공적인 어떤 시술을 한 흔적이 있다. 그게 뭔지는 마의도 밝혀내지 못했다. 마의는 단지, 아무나 할 수 없는 시술이라는 것만 알아냈다.

마의가 그렇게 말한다면, 적어도 그녀가 평범한 아가씨는 아니라는 소리다.

나꽃녀는 낙천적이다.

"에이. 그래도 모르는 것보다는 아는 게 낫잖아요."

그녀가 자리에서 일어났다.

"제가 가서 돈 받아올게요. 고향 이야기도 듣고요."

그녀가 콧노래까지 부르며 지도 가게로 걸어갔다.

가게 앞에서 걸음이 느려졌다. 무사 몇 명이 고이령을 끌고 가는 게 보였다.

나꽃녀는 배경으로 정이산이 있다. 그 덕분에 간이 커져서 이기도 하지만, 눈앞에서 여자애가 끌려가는 걸 보고 참지 못해서 소리를 질렀다.

"뭐하는 짓이야!"

고이령이 나꽃녀를 보고 울음을 터트렸다.

"으흐흑. 언니. 도와줘요!"

이미 얼굴이 눈물범벅이다. 고대호는 마교 무사들에게 맞아서 바닥에 쓰러져 꿈틀거리기만 했다.

나꽃녀가 등을 더듬었다. 정이산의 칼이 잡혔다.

그녀가 칼을 뽑았다.

"당장 놔!"

천마교주 정이산이 쓰는 칼이다. 당연히 보검이다.

그 칼을 보고 마교 무사들이 조금 긴장했다.

그녀가 그걸 보고 기가 살아서 칼로 허공을 휙휙 그었다.

"당장 놔주고 꺼져. 안 그러면 쓴맛을 볼 거얏!"

칼을 움직이지 말았어야 했다. 그 형편없는 칼솜씨를 보고 마교 무사들이 웃음을 터트렸다.

"하하하! 네 칼이 아니구나?"

청송지소 무사대장이 벼락같이 달려들었다. 나꽃녀가 깜짝 놀라 칼을 휘둘렀다.

빗나갔다.

보검이 아니라 보검 할애비라도 맞춰야 의미가 있다.

무사대장이 나꽃녀의 손을 탁 쳐 칼을 떨어뜨렸다. 그녀가 주먹으로 무사대장의 가슴을 쳤다.

"하하하. 이 정도……. 케엑!"

별 것 아닌 줄 알고 맞아줬는데, 주먹에 깃든 힘이 어지간한 권법가의 일격과 맞먹었다. 무사대장이 뒤로 나뒹굴었다.

나꽃녀는 희망을 가졌다.

'통한다!'

고이령도 기뻐했다.

'구해질지도 몰라.'

넘어졌던 무사대장이 벌떡 일어났다.

"이년!"

그대로 나꽃녀의 뺨을 때렸다.

"꺄악!"

그녀가 힘없이 쓰러졌다.

무사대장이 부하들에게 성질을 부렸다.

"이 새끼들. 구경만 하고 있어?"

"그, 그게 워낙 순식간에 일어난 일이라……."

그답지 않게 오래 화내지 않았다. 기대한 것 이상의 성과를 건져서다.

"일단 이년을 묶어라! 장로님께 바쳐야겠다. 큰 상을 내리실 거다."

무사대장은 진심으로 그렇게 생각했다.

'이런 엄청난 미녀라니. 내가 차지하려고 하다가 걸리면 제 명에 못 죽겠지만, 국방건 장로에게 바치면 이곳 청송지소장 자리는 따 놓은 당상이다.'

그렇게, 마교의 무사들이 나꽃녀와 고이령을 끌고 갔다. 나꽃녀는 끌려가면서도 기가 죽지 않았다.

"우리 공자님만 오시면 너희는 다 죽었어! 그러니까 그렇게 되기 전에 놔줘! 내가 공자님한테 너희 목숨만 살려주라고 말할게. 놔! 놓으란 말야!"

*　　*　　*

정이산이 쉬고 있는 찻집에, 고대호의 딸 고소아가 달려왔다.

"아저씨. 큰일 났어요!"

정이산이 고소아를 돌아보았다.

"꽃녀?"

"예. 꽃녀 언니가 우리 고모랑 같이 끌려갔어요."

정이산의 눈썹이 아주 살짝 일그러졌다.

"누가?"

"아빠가 그러는데 마교 놈들이래요."

이해가 가지 않았다.

"겁먹을 줄 알았는데."

확실히 처리했다고 생각했다. 그 정도면 남은 놈들은 겁을 먹고 다시는 고이령을 건드리지 않을 줄 알았다.

예상이 빗나갔다.

마교는 고이령만이 아니라 나꽃녀까지 데려갔다.

고소아가 자기가 아는 걸 재빨리 떠들었다.

"무슨 장로인가 하는 놈이 왔대요. 꽃녀 언니를 그놈에게 바친다고 잡아갔어요."

이제 이해가 갔다.

"장로라."

마교 상주지부에는 장로 직위가 없다. 대부분의 경우 장로는 그 조직의 우두머리 바로 아래 지위다.

"세겠군."

마교의 장로급이라면 자신을 조금이라도 만족시킬 수 있을지 모른다고 생각했다.

정이산이 자리에서 일어났다.

"가자."

말해 놓고 보니, 항상 들리던 나꽃녀의 대답이 없다. 대답이 있을 리가 없다.

눈썹이 조금 더 비틀어졌다.

* * *

마교 장로 국방건은 나꽃녀를 보고 깜짝 놀랐다.

"호오. 이거 정말 대단한데?"

청송지소 무사대장이 굽실거렸다.

"장로님께서 좋아하실 거라고 생각했습니다."

"그래. 수고했다. 정말 만족한다. 네가 큰 공을 세웠구나."

"저야 장로님에 대한 충성심에 한 일입니다."

"적당한 보답이 있을 게야."

"감사합니다!"

무사대장은 속으로 환성을 질렀다.

'됐다! 이제 청송지소장 자리는 확실해. 잘하면 돈도 받을지 몰라.'

나꽃녀는 이미 기가 잔뜩 죽어 있었다.

'무사가 뭐 이렇게 많아?'

정이산이 강한 건 안다. 하지만 여기 와서 보니 무사의 수가 삼백 명쯤 된다.

'아무리 교주님이라도 이건 무리야. 게다가 저건 장로라잖아. 그것도 그 무섭다는 마교의 장로.'

세상일은 다 까먹어서 잘 모르지만, 장로가 어떤 위치인지는 대충 안다.

'매화 언니가 우리 교주님은 안 세다고 했으니까, 음. 듣던 것보다 세신 것 같지만, 그래도 교주님 혼자서는 저 장로 하나도 못 이길 거야. 이제 어쩌지?'

그녀 생각에 방법이 없는 건 아니다.

'교주님이 천마교 아저씨들을 데려와서 나를 구해 줄까? 아니면 나 같은 건 그냥 버리고 가실까?'

불안했다. 꽃이라도 하나 따서 구해 주는지 아닌지 꽃잎을 세보고 싶었다.

국방건이 나꽃녀가 가지고 있던 칼을 들어보았다.

"정말 좋은 칼이군."

무사대장이 굽실거렸다.

"그것도 장로님 드리려고 가져왔습니다."

"이건 정말 좋은 칼이야. 보통 사람이 가지고 다닐 만한 물건이 아니지. 예쁜 아이야. 이 칼의 주인이 누구냐?"

나꽃녀가 외쳤다.

"우리 공자님이야! 당장 나랑 이령이를 풀어주지 않으면 공자님이 화를 내실 거야!"

"네 공자가, 복동구냐?"

나꽃녀가 깜짝 놀라 몸을 떨었다.

"동구 아저씨를 어떻게 알아?"

국방건이 실실 웃었다. 나꽃녀가 복동구와 아는 사이라는 걸 보고는, 확신했다.

"그래. 네 공자가 바로 복동구구나. 그럴 줄 알았다. 복동구라면 이런 좋은 칼을 쓸 자격이 있지."

나꽃녀는 상황을 이해하지 못했다.

"아니, 그게……."

"복동구가 여기를 습격했지?"

그녀가 머리를 굴렸다. 국방건이 복동구를 경계한다고 판단했다.

'교주님을 경호하는 사람이니까 당연히 교주님보다 더 세겠지. 아마 엄청 셀 거야.'

그래서, 협박을 한답시고 외쳤다.

"당신들도 그 꼴이 나기 전에 어서 우리를 풀어줘!"

"그래. 분명히 너를 찾으러 오겠지?"

그녀가 어쩐지 일이 잘 풀린다 생각하고 크게 외쳤다.

"당연하지!"

국방건이 마교 상주지부의 마두 홍문강에게 지시했다.

"함정을 파고 기다려라. 복동구가 곧 올 게야. 그 부하들까지 하면 만만치 않은 상대이니 준비를 철저히 하도록."

홍문강이 허리를 숙였다.

"알겠습니다."

홍문강의 손짓을 따라 이백여 명의 무사들이 건물 속에 숨었다.

눈에 보이는 데 있는 건 원래 청송지소의 무사 삼십여 명에 상주지부 무사 오십여 명을 더해 팔십여 명이 전부다.

보이는 곳에 팔십, 보이지 않는 곳에 이백이다.

나꽃녀는 당황했다.

"안 돼. 함정이라니! 야 이 나쁜 놈들아!"

국방건이 지시했다.

"입에 재갈을 물려두어라. 함정이니 뭐니 떠들면 골치가 아프니까."

"아악! 안 돼! 이 나쁜 놈들아!"

그때, 마교 상주지부 청송지소의 대문이 부서졌다. 큰 소리가 나지도 않았다. 그저 수십 조각으로 변해, 모래벽이 무너지듯 부서졌다.

사람들의 시선이 전부 문 쪽으로 돌아갔다.

정이산이 문을 넘어 들어왔다.

나꽃녀는 안마당 넓은 곳 한복판에 묶여 있었다. 그녀가 정이산을 보고 외쳤다.

"공자님! 적이 엄청 많아요. 함정이에요! 도망쳐요!"

"싫다."

대답이 너무 빨리 나왔다. 나꽃녀의 입을 막으려던 마두 홍문강이 황당하다는 듯이 정이산을 돌아보았다.

나꽃녀가 다시 외쳤다.

"보이는 게 다가 아니에요. 이백 놈쯤 숨어 있어요!"

"알아."

정이산이 시선이 나꽃녀의 뺨으로 향했다. 무사대장에게 맞은 자리가 빨갛게 부어 있었다.

정이산이 인상을 썼다. 눈썹만 조금 움직이는 게 아니라, 진짜로 인상을 썼다.

나꽃녀는 너무 놀라 뻐끔거렸다.

"공자님 얼굴에 표정이……."

이런 모습은 처음 보았다. 그동안 정이산과 어울려 다녔지만, 입꼬리 살짝 올라가는 것과 눈썹 조금 비틀리는 것 이상의 표정변화를 본 적이 없다.

그녀가 뻐끔거리는 동안, 국방건이 정이산에게 물었다.

"네가 복동구냐?"

"아니."

국방건이 짜증을 냈다.

"대마두 복동구는 어디 가고 이런 잡놈이 걸려?"

정이산이 반응을 보였다.

"대마두?"

그가 아는 복동구는 자신의 근접경호대 대장이다. 보통 때는 자기 곁을 따라다니는 사람이라 육지에서 대마두 소리를 들을 이유가 없다고 알고 있다.

복동구가 그의 곁을 떠나 있는 건 일 년에 몇 번 정도 쓰는 휴가 때밖에 없다.

국방건이 말했다.

"너도 복동구의 이름은 들어보았을 거 아니냐. 일 년에 몇 번 정도 나타나 큰 사고를 치고 사라지는 그놈에 대해서."

정이산은 그때서야, 자기가 섬에서 심심해하는 동안 복동구가 어디 가서 노는지 깨달았다. 휴가를 왜 그리 자주, 그리고 길게 쓰는지도 이해했다.

"동구가 자기만 그랬군."

목소리가 평소보다 조금 싸늘하다.

* * *

복동구가 몸을 부르르 떨었다.

"어, 왜 이렇게 으스스하지?"

그의 부하가 물었다.

"감기 아닙니까?"

"내가 감기 같은 거에 걸릴 사람이냐? 하여간 서두르자. 청송이 코앞이다."

"저기 가면 뜨끈한 국물 좀 드십시오."

"그래야지. 따땃한 아랫목에서 술도 한잔 하자."

"술 좋지요. 어서 청송에 도착했으면 좋겠습니다."

* * *

국방건이 손을 들었다. 신호였다.

숨어 있던 이백여 명의 무사들이 우르르 몰려나와 정이산을 포위했다.

국방건이 데려온 전투부대들은 마교 상주지부에서 정예로 손꼽힌다. 그는 상주지부에서 강한 부대만 골라서 뽑아왔다.

국방건은 여유가 있었다. 여기 모인 무사들은 마교 상주지부의 정예다. 그만큼 강하다. 어지간한 문파쯤은 하룻밤 사이에 몰살시킬 수 있는 전력이다.

"상황을 보아하니 네가 이곳을 공격해 우리 무사들을 죽였나보군. 그럼 너를 잡아서 고문해 네가 누구인지 알아내야겠어."

국방건이 누런 이를 드러냈다. 눈빛에 살기가 돌았다.

"네 가족, 네 친척, 네 친구. 너와 가까운 사람들은 모두 찾아내서 죽여주지. 그게 우리 교의 보복 방식이니까."

국방건은 자기 승리를 의심하지 않았다. 무사들도 마찬가지였다. 이제 무사의 수가 이백팔십여 명에 달했다. 그 중에는 고수도 많았다. 유명한 마두 홍문강도 있었다.

거기다, 장로 국방건은 마교 내에서 손에 꼽히는 고수다.

나꽃녀가 울먹였다.

"바보 같은 공자님. 그냥 도망치시라니까. 또, 또, 내가 아니라 칼 찾으러 왔다고 말씀하실 거예요?"

"어."

결국 나꽃녀의 눈에서 눈물이 뚝뚝 떨어졌다. 흐르는 눈물로 눈이 흐려져 아무것도 보이지 않았다.

"죄송해요. 저 때문에……."

정이산이 손으로 나꽃녀의 뺨을 쓰다듬었다. 무사대장에게 맞아서 부은 뺨이었다.

"울지 마라. 흉하다."

"네. 훌쩍."

말을 하는 건 그들 둘밖에 없다.

마교 무사들은 너무 놀라서 아무 말도 못했다.

그들은 대문 쪽에 서 있던 정이산이 어떻게 마당 한복판에 있는 나꽃녀의 앞으로 이동했는지 보지 못했다.

그저, 정신을 차리고 보니 정이산이 나꽃녀의 뺨을 쓰다듬고 있었다.

국방건이 벌떡 일어났다.

"서, 설마……."

일반적인 경공은 자기 몸을 가볍게 해 이동 속도를 올린다. 그게 상식이다.

그런데 국방건은 공간과 거리라는 상식을 무시하는 경지에 대해서 들어본 적이 있다.

"경공이나 보법의 한계를 넘어선 이동……. 땅을 줄여 걸음 안에 넣는다는 전설의 경지……."

단어 하나가 목구멍에 걸렸다.

그 단어를 입 밖에 내면 무서운 일이 벌어질까봐 두려워 입을 꾹 다물었다.

'전설 속의 무공이, 세상에 나올 리가…….'

참지 못하고, 뱉어냈다.

"축지(縮地)?"

정이산이, 나꽃녀의 부어오른 뺨에 손을 댄 채, 마교 무사들을 돌아보았다.

"너희들의 죄는, 크다."

〈3권에서 계속〉

# 흑마법사 무림에 가다

박정수 판타지 장편 소설

FUSION FANTASY STORY & ADVENTURE

『마법사 무림에 가다』의 박정수!

이번에는 흑마법으로 무림을 평정한다.

마교에서 부활한 대흑마법사 마현의 무림종횡기!

무림인들은 자기 실력의 3할은 숨겨 둔다고?
그렇다면 내가 숨겨 둔 비장의 3할은 바로 흑마법이다!

dream books
드림북스

# EVENT ONE

ㆍ의 종족 클로네』 1,2권을 인터넷 서점 알라딘에서 구매하신 분들 중 선착순 100분에게
한정판 작가 친필 사인본을 드립니다.

# EVENT TWO

책을 읽고 알라딘에 감상평을 올리시는 분들 중 11분을 추첨하여 사은품을 드립니다.

[사은품]
으뜸상(1명) : 백화점 상품권(10만원)
우수상(10명) : 문화상품권(1만원)

[응모요령]
1. 『숲의 종족 클로네』를 읽고 인터넷 서점 알라딘 '마이 리뷰란'에 감상평을 올려주세요.
2. 그 감상평을 복사하여 웹 게시판(개인 블로그나 홈페이지)에 올려주신 후, 게시물의 URL을 '드림북스 편집부 이메일'로 보내주세요.

[보내주실 곳] 드림북스 편집부 e-mail : sybooks@empal.com
[이벤트 기간] 2010년 2월 3일~2010년 3월 3일
[당첨자 발표] 2010년 3월 12일(당사 블로그 및 장르문학 전문 사이트에 발표합니다.)

드림북스 블로그 http://blog.naver.com/dream_books
문피아 사이트 http://www.munpia.com/출판사 소식/드림북스
조아라 사이트 http://www.joara.com/출판사 소식

# EVENT THREE

숲의 종족 클로네 이벤트 페이지를 트랙백해 주시는 10분께 사은품을 드립니다.

[사은품]
문화상품권(1만원)

[응모요령]
드림북스 블로그에 방문하셔서 이벤트 페이지를 본인의 홈페이지나 블로그에
트랙백해 주시면, 확인 후 10분을 선정하여 사은품을 드립니다.

임무성 신무협 장편소설

ORIENTAL FANTASY STORY & AD

**장르문학의 전성기를 열었던 『황제의 검』**

작가 임무성이 방대한 세계관을 담아 다시 쓰는 신무협의 신화!

*세상을 피로 잠기게 할 대혈겁의 시대*
*용족, 마족, 요정족의 침공으로부터 강호 무림을 지켜라!*

**불사신마공을 완성한 천황 파천과**
**불사지체들의 한판 승부가 시작된다!**

dream books 드림북스